Colibrì

Progetto grafico di collana: Clara Battello

Testo: Christian Antonini
Illustrazione di copertina: Flavia Sorrentino

Impaginazione: Clara Battello
Redazione: Veronica Fantini

www.giunti.it

Via Bolognese, 165 - 50139 Firenze - Italia
Piazza Virgilio, 4 - 20123 Milano - Italia

Prima edizione: marzo 2018

FSC
www.fsc.org
MISTO
Carta da fonti gestite in maniera responsabile
FSC® C015216

Stampato presso Nuovo Istituto di Arti Grafiche - Bergamo

Christian Antonini

UNA LETTERA COI CODINI

GIUNTI

Tutte storie. Solo storie.
Tutte le cose iniziano e finiscono come storie.

Ragnar Lothbrok, *Vikings*

Fui soldato di Francisco Villa,
di quell'uomo di fama immortal,
che, pur sedendo nel seggio,
mai volle la poltrona presidenzial.
Ora vivo qui in riva del mar,
ricordo quel tempo immortal.
Ahi! Ahi!
Ora vivo qui in riva del mar,
ricordo Villa vicino a Parral.

El Corrido de Pancho Villa

MESSICO, 1914

È un'epoca di guerra civile, di grandi idee ed eroi dai nomi leggendari.
Questa è una piccola storia, figlia di una Storia più grande, il racconto di come le amicizie possano sconfiggere il destino.
E di come anche una bambina possa cambiare il mondo.

Cap. 1

LACRIME NEL TEMPORALE

Il camioncino sfrecciava tra le gocce di pioggia, con i fari che sciabolavano nel buio.

Il temporale aveva trasformato Città del Messico in un luogo tetro e minaccioso, molto diverso dalla città colorata e viva che Johanna aveva imparato ad amare. Viveva nella capitale del Messico da tre anni, da quando ci si era trasferita con i suoi genitori. In tutto quel tempo, Johanna non aveva mai avuto paura di quel posto così luminoso e allegro, anche con la guerra civile e la Rivoluzione.

Almeno fino a quella sera.

A dire il vero, non le era mai capitato prima di dover scappare, mentre qualcuno la inseguiva.

«Ci sono alle calcagna, tieni giù la testa!» le ordinò il papà dalla cabina del camioncino.

Johanna obbedì e si rannicchiò nella cassa di legno sul pianale, ignorando la pioggia e il buio. Suo papà l'aveva fatta entrare lì dentro, dopo averla fatta vestire con abiti comodi. Le aveva pettinato i capelli scuri in due codini stretti. Aveva anche preparato una borsa con vestiti e provviste e le aveva messo in mano Miss Petunia, la sua bambola dal viso di porcellana.

Tutto questo per colpa di quegli uomini che erano entrati in casa loro, a spaventarli, a minacciarli...

Il veicolo imboccò una curva veloce, senza rallentare, e Johanna si sentì il cuore in gola. All'improvviso, con il motore che ruggiva, da una via laterale giunsero le luci di una macchina nera. Erano loro!

Johanna alzò appena la testa. Doveva guardarli.

La pioggia battente e il buio le nascosero i dettagli, ma era chiaro che al volante c'era una forma grande e grossa: Paco, quello era Paco. Al suo fianco, Johanna ne poteva scorgere la sagoma magra, c'era l'altro uomo. Lo ricordava bene: pelle olivastra, volto sottile, baffetti curati. E quella voce... morbida come le lusinghe di un serpente. Octaviano Moroza, così aveva detto di chiamarsi. L'uomo del governo era entrato in casa loro e con parole sibilline aveva fatto capire al suo papà che se non avesse collaborato sarebbe accaduto qualcosa di brutto.

Una buca. Johanna batté i denti e tornò a rannicchiarsi. Le parve di vedere i fari degli inseguitori farsi più forti, più vicini. Le gomme stridettero, ci furono altre curve, suoni di clacson, pozzanghere attraversate di corsa. Poi un'altra curva, brusca, e il camioncino rallentò, mentre il cielo veniva strappato dal rombo di un tuono.

Il camioncino sfilava ora tra grandi sagome nere e immobili. Erano corriere, parcheggiate in una grande piazza. Johanna si guardò in giro: dietro di loro non c'era più nessuno. Il papà scelse una nuova strada e la percorse a rotta di collo, accelerando di nuovo. Veloce, sempre più veloce. Johanna non riuscì più a guardare fuori. Si accucciò nella cassa, stringendosi Miss Petunia al petto e attese.

Andrà tutto bene. Non vedremo mai più quell'uomo odioso come una lucertola, si ripeteva. La paura era un'ombra oscura che minacciava di travolgerla, ma la speranza risplendeva come una torcia nel buio. La speranza di potersi stringere di nuovo al suo papà e alla sua mamma, insieme.

La mamma... appena tre settimane prima si era ammalata e il papà aveva deciso di lasciare il lavoro per il governo messicano e tornare di corsa, tutti e tre, negli Stati Uniti. Ma gli uomini del presidente erano lì, ad attenderli. Con una scelta difficile il papà era riuscito a far salire in treno la mamma, a farla partire, in modo che tornasse a casa e ottenesse le cure migliori.

Loro erano rincasati nell'appartamento di Calle Magnolia, facendosi vedere e seguire da quei banditi vestiti da gentiluomini.

«Non potranno usarla contro di me» le aveva detto il papà. «Mi ricattano, Jo. Vogliono che finisca la ferrovia per il loro presidente. La Wells Fargo non riesce ancora a farci tornare a casa, ma presto... vedrai, presto ce la faremo anche noi».

Forse era quello il momento della loro partenza.

Quanto aveva pianto, Johanna, quella notte...

«Stiamo andando dalla mamma, vero papà?» gridò Johanna appena trovò il coraggio di sollevarsi sopra la cassa. «Stiamo andando alla frontiera?»

Il papà non disse niente, ma Johanna vide che erano giunti in un ampio viale con bassi edifici moderni. C'erano molte forme scure e lunghe, parcheggiate in file silenziose.

L'automezzo si arrestò con il motore che tossicchiava sotto il cono di luce di uno dei pochi lampioni a gas che rischiaravano quel posto.

«Siamo arrivati» disse il papà.

Johanna spalancò gli occhi. La pioggia si era interrotta e ora riccioli bianchi di vapore si alzavano dall'asfalto.

«Dove siamo?»

Lui aprì la portiera e l'aiutò a scendere. Solo allora Johanna mise a fuoco i dettagli e riconobbe il posto. Era la stazione.

«Partiamo? Andiamo dalla mamma?»

Nel vagone più vicino, con uno stridio, si aprì una porta. Non era stretta e alta come quella da cui Johanna era scesa tre anni prima, ma quasi un portello.

«Hai fatto i biglietti?» chiese la ragazzina.

Il papà le si inginocchiò davanti e le porse una giubba. Sul davanti c'era un riquadro rigido, con sopra delle scritte.

Riuscì a leggerle mentre la indossava assecondando i movimenti del padre.

Destinatario: Christopher L. Pearson & Signora
presso gli uffici Wells Fargo & Co

Alameda Avenue, 56
El Paso, Texas
Stati Uniti d'America
***
Mittente: Christopher L. Pearson
Calle Magnolia, 12
Città del Messico, Messico

Di fianco alle scritte spiccavano una dozzina di francobolli rosa e azzurri.

La ragazzina era confusa e tornò a fissare il portello aperto davanti a lei. Oltre, non vedeva gli scompartimenti di prima classe in cui aveva già viaggiato, in passato. Nemmeno le panche di legno della seconda o terza classe. C'era quello che sembrava un carro merci, o un magazzino. Con casse, scatole, pacchetti di ogni tipo. E lanterne accese che rischiaravano di rosso l'interno.

E lì, sulla soglia, si stagliarono improvvisamente due figure. Una piccola e magra, l'altra grossa, con le spalle larghe e lunghe braccia.

«Devi essere coraggiosa, adesso, Jo» le disse il papà. «Devi essere forte».

«Cosa significa? Che succede?»

Lui le sistemò ancora il riquadro di carta sulla giubba, poi le abbottonò l'indumento. Le mise in una mano la borsa di stoffa e nell'altra Miss Petunia.

A Johanna tremava il labbro.

«Tu vieni con me, vero?» chiese.

Lui l'abbracciò.

«Nella borsa ci sono due lettere. Una per la mamma, così capirà. L'altra, devi dirle di lasciarla al mio ufficio, alla Wells Fargo. Loro sapranno cosa fare».

Dietro il papà comparve una terza figura, alta e magra come un fantasma. Nel buio, era un'ombra più nera della notte. Nel buio dove avrebbe dovuto esserci il viso dell'uomo, Johanna colse un lampo bianco, un riflesso della luce del lampione. Faceva paura e Jo scelse di non guardarlo.

«Ma tu non vieni?»

«No, Jo. Non posso. Ci staranno cercando. Se non ci vedono, il governo farà bloccare tutte le ferrovie. Ci prenderanno. Devo tornare. Così *tu* potrai partire».

Jo si toccò il riquadro sul petto, le dita corsero sui francobolli.

«Mi stai spedendo...» sussurrò. E poi, più forte: «Mi stai spedendo come una scatola, un pacco. Come una lettera!».

«Queste persone avranno cura di te, piccola. Si occuperanno di farti arrivare dai miei amici della Wells Fargo, alla fine del viaggio. E poi andrai dalla mamma. Tornerò presto anche io, vedrai».

La figura magra che l'aveva spaventata si avvicinò a Johanna. Era un vecchio messicano, vestito con l'uniforme dei ferrovieri. Portava il monocolo, il cui vetro tondo splendeva nel buio.

«È molto irregolare» disse in inglese.

Il papà si voltò per un attimo.

«No, amico mio. È nel regolamento che usate anche voi. Controlla pure, l'ho consultato questo pomeriggio. Ecco, guarda, l'ho affrancata io stesso: 12 dollari e 75 cent, consegna speciale, riservata. Posta prioritaria Wells Fargo & Co, Stati Uniti d'America: siete tenuti a tutelarla con il massimo impegno».

«Astuto... un passeggero possono farlo scendere, ma per questo tipo di "spedizione" servono dei documenti e dei permessi speciali. E non viaggerà sui sedili, dove potrebbero vederla». Il ferroviere ridacchiò divertito. «E va bene, anche se mi pare di ricordare che il pacco spedito in questo modo non può pesare più di quindici chili. E mi pare che a occhio e croce qui siamo già oltre».

Ridacchiò, poi si rivolse in spagnolo alle due figure sul vagone merci. «Ehi, c'è un altro pacchetto, qui! Fatela salire e trovatele un bell'angolino!»

Johanna buttò le braccia al collo di suo papà. Non voleva andare.

Fu allora che lontano, oltre il piazzale della stazione, si udì un'auto che curvava veloce. La luce dei fari ballò sui muri bagnati.

«Arrivano!» disse il papà sciogliendosi dall'abbraccio. «Devo andare, piccola!»

«E se ti prendono?»

«Non avere paura!» disse salendo sul camioncino. «Gli servo per la ferrovia di Veracruz. Io sarò al sicuro! E tu sarai in salvo, così la Wells Fargo mi farà tornare a casa. Non possono toccarmi, non possono farmi niente se non riescono a prenderti! Devi andare».

Chiuse la portiera e le mandò un bacio con la mano.

«Buon viaggio!»

Jo alzò le dita per salutare, per dirgli qualcosa, ma aveva un groppo in gola. Pur con gli occhi velati di lacrime vide il camioncino allontanarsi. Singhiozzò, sentendo un peso sprofondarle nel petto.

Poi le mani gentili dei ferrovieri la fecero salire sul treno e il portello venne chiuso.

Johanna strinse gli occhi. Dopo un istante si sentì il rombo di un'auto, che sfrecciava di fianco al treno.

Si allontanava.

Cap. 2

UNA CENA A CIUDAD DURANGO

I fuochi da campo di settemila uomini rischiaravano quella sera di marzo. Le stelle si affacciavano nel cielo tinto di viola, mentre l'ultimo bordo di sole rovente tramontava a ovest, sopra la Sierra Madre.

Daniel Carmin, che tutti chiamavano Rojo, camminava per il grande accampamento. Di fronte aveva le poche case di Ciudad Durango. Tutt'intorno c'era la Divisione del Nord, con i cavalli nei recinti di corde, i cannoni e le mitragliatrici con le canne verso il cielo. Si udivano canti e musica: gli uomini e le donne dell'armata rivoluzionaria stavano festeggiando.

Si ritrovò nei pressi di un centinaio di soldati dai volti impolverati ma allegri. Erano seduti in cerchio, intorno a un grande falò. C'era profumo di pollo, *tortillas* e legna. Otto *soldaderas*, le ragazze guerrigliere che lottavano per la Rivoluzione, ballavano a braccetto. Le loro gonne bianche e le fasce rosse in vita spiccavano alla luce delle fiamme. Il pubblico batteva il ritmo con i piedi e le mani.

Una figura sottile si alzò dal cerchio degli spettatori e si avvicinò con passo veloce.

«Hai mangiato, Rojo?»

Daniel si voltò con un sorriso. Conosceva molto bene la voce di Valentina Azul.

«No, ho lo stomaco chiuso».

«E allora fermati qui con noi, ti porto qualcosa».

«Grazie, ma non posso. Devo andare».

«E dove te ne vai, tutto solo in questa sera di festa, Daniel Carmin? Ci manca la tua chitarra».

«Mi farebbe piacere suonare, ma ora non posso. Quella là in fondo è la tenuta di mio padre, Don Alejandro».

Valentina seguì il suo sguardo fino alla grande casa di mattoni di fango, con un ampio recinto per i cavalli. Un leggero venticello soffiava da oriente e i lunghi capelli neri della giovane *soldadera* si mossero come un mare di velluto.

«Non vuoi aspettare? La sera è tanto bella».

«Sei gentile» le rispose. «Ma tu non balli, Valentina?»

Lei si scostò i capelli dal viso orgoglioso e lo guardò con espressione furba.

«Se mi stai invitando, accetto volentieri».

Lui sentì il calore imporporargli le guance.

«Devo andare. Voglio parlare con mio padre e con... il generale». Si mise le mani in tasca e diede un calcio a un sasso. Questo rotolò fino ai piedi della ragazza. «Anche se non so se potrà servire».

Aveva compiuto quindici anni da un pezzo, aveva combattuto in due battaglie per il suo generale, ma ancora non aveva trovato il coraggio di prendere per mano la più bella di tutte le *soldaderas*. Non che non ne avesse voglia...

Lei gli mise una mano sul braccio.

«Sai che si dice?» gli chiese sottovoce. «Che domani ripartiremo. Ma che il generale non verrà con noi. È così?»

Il vento gli portò il profumo di sapone che accompagnava sempre Valentina Azul. Daniel deglutì.

«Allora è vero!»

«Devo andare. Perdonami».

«Voglio venire anch'io».

Ma Daniel Carmin si sottrasse alla mano della ragazza. Controvoglia, riprese a camminare.

«Diglielo, Rojo!» gli gridò Valentina usando il soprannome che lui tanto odiava. «Diglielo, voglio venire anch'io!»

Daniel entrò e richiuse la porta. Si fermò a guardare il cortile della tenuta, con il suo pozzo e le stalle. Telèmaco, il vecchio cane di suo padre, gli si fece incontro con passo malfermo. Scodinzolava.

Lui si chinò ad accarezzarlo dietro le orecchie.

«Ne è passato di tempo, vero?»

Telèmaco sollevò il muso e gli leccò il mento.

«Come te la passi, vecchio mio?»

«Se la passa bene!» disse una voce profonda nei pressi del pozzo. «Meglio di noi».

Daniel si rialzò aguzzando la vista. Telèmaco emise un basso ringhio, ma gli rimase vicino.

«Ehi, cane, sono io!» riprese la voce.

Daniel sentì rumori di passi e vide una figura scura che si avvicinava.

«Va tutto bene, bello» disse sfiorandogli la testa per tranquillizzarlo. Aveva riconosciuto l'uomo.

Telèmaco si trascinò nel suo angolo, dove si stese su un pagliericcio.

«Capitano Aceveda! Non pensavo di trovarla qui».

«Ho approfittato dell'ospitalità di tuo padre. Almeno per un po' di caffè caldo e del pollo tenero. Le mie vecchie gengive sono stanche della carne secca. Sono come il tuo cane, temo».

«Un vecchio cacciatore?» chiese lui.

Aceveda rise lentamente e scosse la testa. Poi tirò fuori di tasca una scatoletta di metallo che lanciò un riflesso dorato nel buio. L'aprì, ne prese qualcosa e se lo ficcò in bocca.

«No, ragazzo» rispose masticando. «Anch'io cerco sempre un angolo comodo dove rannicchiarmi. E lui se la passa meglio di noi: ha un portico fresco dove stare di giorno e stasera dormirà nella sua cuccia. Domani avrà il suo pasto e nessuno gli sparerà addosso. Ah, quanto mi manca un muro caldo a cui appoggiarmi per la *siesta*!»

Daniel ridacchiò e studiò la figura del capitano, alla debole luce della sera. Era un uomo magro e curvo, con la testa spigolosa e lunghi baffi grigi. Vestiva pantaloni da sella con le frange, camicia, giacca nera e bandoliere di proiettili incrociate sul petto.

«Sì, capitano, Telèmaco ha una vita tranquilla. Ma morirà

com'è vissuto: al servizio di qualcun altro. Tutti lo amano, ma non è libero. Noi, invece... noi lo siamo. E i nostri sacrifici servono per la libertà di chi ancora non è libero».

«Ah, la libertà!» fece l'altro. «Cos'è un uomo senza la libertà, eh?»

Daniel si mosse a disagio, non sapeva cosa rispondere.

«Su con la vita. Sei il degno figlio di tuo padre, Daniel Carmin» disse Aceveda mettendogli una mano sulla spalla. «Un vero rivoluzionario!»

Il capitano gli si mise al fianco e lo condusse verso la porta di casa.

«Sei qui per salutare il tuo vecchio? Peccato che ci fermiamo solo una notte, vero? Speravo in un letto morbido».

«In realtà vorrei parlare con il generale».

«Ah! Ci sono notizie?»

«No, capitano» rispose Daniel. Avrebbe tanto voluto togliersi quella mano ossuta dalla spalla. «Volevo... ecco, non credo che andare a nord sia l'idea migliore».

Aceveda gli si mise di fronte.

«Figliolo, vuoi far cambiare idea al grande Pancho Villa? È questo che stai dicendo?»

Il ragazzo non rispose.

Il vecchio capitano rise ancora, quasi sottovoce. Il suo fiato sapeva di tabacco.

«Tale e quale a Don Alejandro Carmin! Coraggioso e sprezzante del pericolo. Ma forse un poco avventato, eh?»

Non attese risposta.

«Parla di un'impresa segreta, lo sai?»

«Con il gringo, sì».

Il vecchio capitano sbuffò.

«Esatto. Ma quello è un uomo di valore, credi a me. E chi sa cosa ha davvero in mente il grande Villa? Solo Villa!»

«Ma senza la sua guida, la Divisione... proprio adesso che stiamo cavalcando l'entusiasmo della vittoria... A Città del Messico potremo far valere il nostro peso! Andare a nord ora...»

Aceveda rise ancora.

«Vuoi parlargli davvero, Carmin? Andiamo! E che Dio t'assista».

Ridacchiando, lo condusse dentro casa.

La sala da pranzo era rischiarata solo dalle fiamme del camino. Vicino al focolare, con una pesante coperta sulle gambe, un uomo dai folti capelli bianchi sonnecchiava con la testa sul petto.

La grande tavola era imbandita, ma pareva un campo di battaglia. C'erano piatti con avanzi di pollo, riso e *tortillas*, padelle di fagioli e taglieri di formaggi. Un esercito sembrava aver combattuto e vinto una battaglia, su quella tavola. Eppure, solo due uomini erano ancora seduti. E uno di questi si alzò subito, appena Daniel e Aceveda furono entrati. Aveva la testa rasata e baffi scuri. I suoi occhi lampeggiavano d'orgoglio.

«Daniel!» chiamò.

«Papà!»

Don Alejandro avanzò a grandi passi e abbracciò Daniel, stringendolo tra le braccia forti. Poi lo prese per le spalle e si allontanò per guardarlo.

«Mio figlio è partito per fare la *Revolución* ed è tornato uomo!»

«Come fai a dirlo? È buio, qui dentro!»

«Meglio così,» rispose l'altro «potrò fingere di vedere il viso del mio bambino mentre ascolto la tua voce da uomo. E poi, *lui* preferisce così. Deve riposare».

Padre e figlio si voltarono verso il camino. L'uomo seduto aveva smesso di sonnecchiare e li guardava con occhi semichiusi.

Aceveda si diresse alla tavola e si versò da bere. L'altro commensale si alzò in piedi. Aveva spalle larghe e un fisico da lottatore. Indossava una giubba da ufficiale, slacciata al colletto. Picchiò un pugno sul tavolo.

«Che il cielo mi fulmini se questo non è un momento per festeggiare!» tuonò con voce profonda. «Don Alejandro, tuo figlio è uno dei miei uomini migliori, te l'ho detto?»

Daniel si avvicinò al tavolo, portato a braccetto dal padre.

«Me l'avevi accennato. Mi onori, generale».

«Generale? Ancora generale? Abbiamo rubato vacche insieme sulla Sierra Madre, abbiamo dormito nella stessa caverna e diviso lo stesso sacco di sale e tu mi chiami ancora generale, qui, alla tua tavola? Sono stufo di sentirmi chiamare generale! Ho così tante responsabilità che quasi non mi ricordo più chi sono».

L'omone si voltò verso Daniel e lo guardò con espressione buffa. Aveva grandi baffi neri e occhietti vispi, alla luce della fiamma.

«Chi sono, io?» domandò a Daniel.

«Il generale Villa,» rispose il ragazzo «comandante della Divisione del Nord, governatore di Chihuahua».

L'uomo rise e picchiò sul tavolo anche l'altro pugno.

«Hai sentito?» chiese a Don Alejandro. «Hai sentito chi sono diventato? Ma tu, vecchio amico mio, tu lo sai chi ero una volta e chi sono ancora, vero?»

Don Alejandro prese un bicchiere per sé e uno che passò al figlio. Poi li riempì di vino da una bottiglia e sollevò il proprio.

«Doroteo Arango Arámbula, detto Pancho Villa» dichiarò il papà di Daniel. «Il *charro* più coraggioso a sud del Rio Bravo; il *bandido* più abile con cui abbia mai cavalcato; la testa più dura di tutto il Messico, così testardo da non capire quando la sua causa è persa e arrivare quindi a trionfare. L'unico uomo il cui cuore sia tanto forte da fargli fare la cosa giusta anche se è la più folle del mondo! *Salud!*»

Daniel rimase stupito dalle parole del padre. Nella stanza era calato il silenzio. Villa osservava Don Alejandro con una strana espressione. Aceveda aveva il bicchiere in mano, la bocca aperta e una presa di tabacco nella guancia. Anche il Vecchio gringo era attento. Il fuoco nel camino era l'unica cosa che pareva non essersi fermata a guardare.

Un ciocco di legno si ruppe con uno schiocco sonoro e una pioggia di scintille.

Fu a quel punto che Villa scoppiò a ridere e l'intera sala parve tornare a respirare.

«Alla tua, Don Alejandro! Il più sincero degli amici!» Villa prese un bicchiere d'acqua. «*Salud!*»

«Alla *Revolución*!» ribatté l'altro.

«Alla *Revolución*!» brindarono tutti.

Dopo che ebbero bevuto, Villa pose il bicchiere e piantò i suoi occhi svegli in quelli di Daniel.

«Che uomo, tuo padre! Hai visto?»

Ptui!, risuonò forte il verso di Aceveda, che si era voltato a sputare il tabacco.

Pteng!, fu il rintocco della sputacchiera, nell'angolo. Un centro perfetto.

«Perdonami, generale» si intromise il vecchio capitano, lisciandosi i baffi. «Il giovane Carmin, qui, vorrebbe parlarti».

Daniel percepì addosso gli occhi di suo padre, ma non riusciva a distogliere lo sguardo da quello di Pancho Villa. Non gli era mai capitato di essere così vicino al generale per più di alcuni momenti. Essere nella casa di suo padre, poi, rendeva tutto molto strano. Un momento unico.

«Hai già mangiato, ragazzo?» gli domandò Pancho.

«Eh? Io... no, sono tornato da una pattuglia e...»

«Siediti e mangia, parleremo dopo!» proruppe Villa prendendo un piatto e cominciando a riempirglielo.

«Ma questo è il suo tavolo, io sono solo...»

Villa s'interruppe.

«Per tutti i coyote della Sierra! Quando un figlio non potrà sedersi alla tavola di suo padre, per colpa mia, vorrà dire che avrò tradito la Rivoluzione» sbottò Villa. Depose il piatto di fronte a una sedia libera. «Siediti e mangia, è un ordine! Dopo, sputerai il rospo che hai ficcato in gola. No, non fare quella faccia, si vede benissimo. Sei tanto rosso che sembra abbiano acceso un altro fuoco!»

Daniel mangiò, seduto di fianco a suo padre. Lo fece di gusto, assaporando la cena e l'atmosfera di casa sua.

Padre e figlio si scambiarono notizie sulla Rivoluzione, ma anche sulla fattoria, sul vecchio Telèmaco e sugli amici di Daniel. Per tutto il tempo, il ragazzo osservò Villa e Aceveda, che parlavano fitto, sbocconcellando pane e formaggio. A un certo punto, il generale prese una *tortilla* e la riempì di carne di pollo, fagioli e cipolle. La ripiegò in un involtino fumante e andò a portarla all'americano.

«Non l'avevo mai visto» gli bisbigliò il padre. «È un tipo strano».

«Gli uomini lo chiamano Vecchio gringo, si è unito a noi qualche tempo prima di Ojinaga».

«Che vittoria, quella».

«Ha salvato la vita di Villa, lo sapevi?»

Suo padre lo guardò a occhi sbarrati.

«Alcuni nemici erano riusciti a strisciare fino a dove si trovava il generale con i suoi. Quando si sono alzati per spargli, nessuno se n'è accorto. Tranne lui».

Daniel indicò lo straniero con un cenno del capo.

Il Vecchio gringo mangiava piano la sua *tortilla*, mentre Villa gli riempiva un bicchiere di whisky e glielo portava.

«Ha sparato fino a metterli in fuga».

«Pancho lo tiene in grande considerazione. È anche un uomo istruito!»

«Sì» confermò Daniel. «Era un giornalista, uno scrittore. Ha attraversato la frontiera per combattere la nostra *Revolución*».

Prese un pezzo di pane e raccolse il sugo dal piatto. Gli parevano fossero passati secoli da quando aveva mangiato così bene, ma mancava da quella casa solo da sette mesi.

Fu allora che Villa tornò al tavolo. Si slacciò un altro bottone della giubba e si sedette a gambe larghe.

«Allora? Cosa c'è?» gli chiese.

Aceveda si sporse in avanti.

«Rojo vuole parlarti della missione di domani» e si mise un'altra presa di tabacco tra i denti.

«Ah! È una missione segreta, ovviamente! Anche se tutti già ne parlano. Partiremo in pochi. Tuo figlio verrà con noi, Alejandro!» Villa fece l'occhiolino a Daniel. Poi si rivolse ad Aceveda e fece un ampio sorriso: «Con noi ci saranno Parmisan e Sobrero. Voglio anche mezza dozzina delle nostre pistole migliori. Ci serve un carro con provviste. E dinamite».

«Allora verrà anche Valentina Azul. È la più brava con gli esplosivi» annunciò Aceveda. «Quanti cavalli?»

«Oh, uno a testa, tranne per chi viaggerà sul carro. Andremo poco lontano e poi... viaggeremo comodi!»

Finì con una pacca sulla pancia tesa.

«Finalmente!» esclamò il vecchio capitano. Poi lanciò un'occhiata sottile a Daniel. «Sempre che nessuno abbia qualcosa in contrario».

«Come sarebbe?» tuonò Villa. Si passò una mano sui baffi e Daniel cambiò posizione sulla sedia.

«Ecco, insomma...»

«Coraggio!» gli sussurrò suo padre.

«Questa missione...»

«Parla, ragazzo!» intimò Villa. «Non abbiamo tutta la sera!»

Daniel bevve un sorso di vino per farsi forza.

«Andare a nord... credo sia un errore, ecco!»

Le parole gli erano uscite tutte d'un fiato e se ne pentì.

Avrei dovuto prepararmi le cose da dire, pensò. *Avrei dovuto spiegare prima il motivo.*

«Ah, sciocchezze! Sei di sicuro molto stanco!» rispose secco il generale. Aveva il viso duro e la bocca stretta. «E sei in casa di tuo padre. Farò finta di non aver sentito».

«No, generale, davvero! È un errore lasciare l'esercito e andare a nord, proprio adesso».

«Basta così!» Villa si alzò dalla sedia, piantando i pugni sul tavolo. «È tardi, andiamocene a dormire. Non voglio sentire altro».

Daniel si sentì sprofondare.

«Ascoltalo, Pancho!» Le parole erano giunte chiare e forti. Le aveva pronunciate l'americano. «L'hai invitato tu a parlare, l'hai voluto tu nel gruppo di domani!»

I folti baffi curati vibravano per l'intensità dell'emozione. Il viso era acceso dalla luce arancione del camino.

«Stai buono e ascolta quello che ha da dirti. Era ora che qualcuno cercasse di farti ragionare. Non vuoi dar retta a un vecchio *yankee*? Accomodati. Ma dai retta alla voce del tuo popolo. Ascolta questo ragazzo!»

Le sopracciglia di Pancho Villa corsero a incontrarsi sopra il naso e la sua espressione divenne cupa.

Guardò il vecchio, poi Daniel. Quindi Aceveda, che fece spallucce.

«*Muy bien!*» ringhiò sedendosi di nuovo e allargando una mano scura sul tavolo. «Sentiamo!»

Daniel deglutì a vuoto.

«Ci sono voci, generale. Voci di un complotto contro di lei. E molti nel campo sanno di domani. Sarebbe il momento più adatto per colpirla. E dopo la vittoria di Ojinaga lei è la speranza migliore per la Rivoluzione. Il popolo è con lei. Il presidente perderà. Bisogna solo andare alla capitale e far valere il bene del popolo. E invece la Divisione si muove piano, festeggia. E ora noi ce ne andremo a nord e...»

Nella mente di Daniel i problemi di quella mossa erano chiari. E il suo pessimismo gli diceva che avrebbero pagato caro quel ritardo.

«Avanti, Rojo» lo incalzò Aceveda, lisciandosi i baffoni grigi che scendevano oltre il mento.

«Andare a nord, con pochi uomini, adesso, ho paura che...»

Non riuscì a terminare la frase. Quando Villa ebbe sentito la parola "paura" sbatté una manata sul tavolo.

Nella sala piombò di nuovo il silenzio.

L'americano lasciò cadere la coperta e raggiunse il tavolo. Camminava con la fatica di un ammalato.

«Cautela...» consigliò.

Il generale sollevò una mano, a dita larghe, come per fermarlo.

«Daniel Carmin» disse Villa. «Per rispetto nei confronti di tuo padre, Don Alejandro, *mi compadre*, farò finta che tu non abbia detto niente. Non spetta a un soldato discutere le scelte del comandante. E non sta certo a questi svelare i motivi delle proprie azioni».

Daniel abbassò la testa.

«Mi considero agli arresti, generale?»

«Che il diavolo mi prenda! No, ragazzo. Ho detto che verrai con me e Pancho Villa non si rimangia la parola».

«Vado a preparare il cavallo!» rispose subito Daniel. Non poteva crederci, forse l'aveva scampata bella!

«Nessun cavallo, Daniel Carmin. Tu viaggerai sul carro. Con la *soldadera* e i bagagli. E vedrai che non ci sarà niente di cui aver paura».

Cap. 3

PACCHI, LETTERE E NUOVI AMICI

Si svegliò con il cuore in gola, di soprassalto, con la terribile sensazione di cadere.

«Oooh...» mormorò piano cercando di mettere a fuoco cosa aveva attorno.

Quell'insieme di assi ruvide non erano certo le pareti lilla della sua cameretta. E il sacco di tela che profumava di mele non assomigliava al suo letto.

Vide casse, scatole, bauli con pacchi, pacchetti e lettere.

In quel momento udì un forte e lungo fischio stridulo. Conosceva quel suono, l'aveva sentito centinaia di volte.

Era la voce del treno.

Oh, no... Papà!

Stringendosi al petto Miss Petunia, Johanna si mise a sedere. Era dentro una grossa cassa di legno, in cui qualcuno aveva messo quel sacco di tela. Una giacca, vecchia ma pulita e ripiegata con cura, le aveva fatto da cuscino. Chi l'avevo messa in quel letto improvvisato aveva anche avuto cura di toglierle le scarpe. Su uno sgabello, c'era una bacinella d'acqua con un panno. Sotto lo sgabello, un vaso da notte.

Vicino alla cassa, per terra, un piatto di metallo con sopra una *tortilla* ripiegata e una tazza con del latte.

Il letto di Johanna si trovava in un angolo del carro postale. Non c'erano finestre, solo due grandi porte nel centro delle pareti lunghe. E due porte più piccole, nelle pareti corte, che avrebbero portato forse agli altri vagoni. Vide poche altre cose: una branda, un armadietto, un piccolo scrittoio e qualche altra cassa.

Si mise a sedere. Aveva fame, così prese la *tortilla* e la mangiò, assaporando la carne calda e le verdure speziate. Era un pasto semplice, da contadini, diverso dalle colazioni a cui era abituata, ma le parve buonissimo.

Le riempì la bocca, la pancia e il cuore. Bevve anche il latte e vuotò la tazza.

Si infilò velocemente le scarpe e si alzò in piedi. La colse un senso di vertigine: il treno stava cominciando a muoversi. Poteva anche udire gli sbuffi della locomotiva, lontana, il cigolio e i gemiti delle ruote.

Almeno viaggerò pulita, si disse per darsi forza. Andò alla bacinella e si lavò faccia, orecchie, collo e mani. Poi pulì il viso di Miss Petunia.

Curiosa, camminò fino alla porta più lontana, quella nella parete di fondo del vagone. A ogni passo sentì le vibrazioni: il convoglio stava aumentando la velocità.

La porta era di legno ruvido, dipinto di rosso, e vi si apriva solo una piccola finestrella. Johanna avvicinò il viso. Il vetro era sporco di polvere, spesso e graffiato, ma riuscì a vedere fuori.

Quella non era Città del Messico. La stazione da cui si stavano allontanando era piccola. Una torre per l'acqua, qualche vagone su un altro binario, alcuni carri trainati da cavalli che si muovevano piano e una manciata di casette bianche, in mezzo a una pianura color sabbia.

Ruotò la maniglia, ma la porta era chiusa. Poi vide che aveva una strana serratura rotonda.

«Be', eccomi qui. Papà mi ha spedita e il treno è partito» disse guardando il viso bianco della sua bambola. «La buona notizia è che alla fine di questo viaggio vedrò la mamma».

Miss Petunia non le rispose, ovviamente. Si limitò a guardarla con quei suoi occhioni dipinti e la bocca a cuoricino.

La porta all'altro capo del vagone si aprì, con alcuni schiocchi della serratura, e Johanna vide un uomo entrare. Era grosso, con braccia forti e lunghe come quelle di un gorilla e la schiena curva. Richiuse la porta e Jo fece in tempo a vedere che il vagone postale terminava con una specie di balconcino, una predellina. La carrozza successiva aveva un balconcino simile e un'altra porta.

L'uomo le lanciò un'occhiata veloce, furtiva, prima di andare allo scrittoio. Aveva corti capelli neri sulla testa rotonda, guance come quelle di un bambino. Prese dei fogli fissati a una tavoletta di legno, dallo scrittoio. Poi pescò una matita da tasca e fece alcuni segni.

Johanna era rimasta immobile, a bocca aperta, temendo che l'uomo si sarebbe arrabbiato con lei, e invece...

Lo vide mettersi un dito sulle labbra, come se fosse indeciso su cosa scrivere. Jo ne approfittò e tornò rapida al suo lettino. Notò che l'omone l'aveva seguita con la coda dell'occhio. Allora sospirò per l'imbarazzo e sistemò la tela da sacco che le faceva da coperta. Poi prese la giacca che le faceva da cuscino, la sollevò per aprirla e ripiegarla.

«Sei stato tu?» chiese senza ricevere alcuna risposta. «Grazie».

Vide che sul taschino della giacca era ricamato un nome.

"J. L. Barrana".

«Grazie, *señor* Barrana» disse allora Johanna, nel suo spagnolo migliore. «La ringrazio di cuore, io...»

Ma l'uomo mise giù la matita con un movimento brusco, la guardò sbuffando e attraversò il vagone bofonchiando. Johanna fece in tempo a capire qualcosa come "Uffa-non-fa-niente-io-non-volevo-nemmeno-non-parlo-con-la-posta-io-c'ho-da-fare".

Aprì la porta e uscì sulla predellina, ma non prima che i loro sguardi si toccassero. Jo lo vide assumere per un istante un'espressione dolce, quasi timida. Poi l'omone tornò a rabbuiarsi in viso, scosse le spalle e richiuse a chiave.

Il vagone era lungo trentadue passi. Non poteva esserne sicura perché ogni volta che lo attraversava doveva fare attenzione alle vibrazioni delle ruote, qualche curva la faceva barcollare, oppure un sobbalzo le rubava un passo. Era largo dieci passi, ma anche qui aveva qualche dubbio. Le assi del pavimento erano logorate, le lanterne oscillavano nei loro supporti ad anello, il soffitto aveva bisogno di una nuova mano di vernice. E di chiodi.

Insomma, non era certo un bel posto dove rimanere e Johanna non ne poteva già più. Era rimasta seduta sulla sua coperta, in piedi, sdraiata, e aveva anche fatto dei saltelli.

Aveva provato a guardare il paesaggio dalla finestrella. Non c'erano molte scelte: le casse o i pacchi. Ma le casse erano troppo pesanti e i pacchi troppo morbidi per salirci.

Non c'era nemmeno qualcosa da leggere. A Johanna leggere piaceva, nella casa di Città del Messico c'erano scaffali pieni di libri western e polizieschi, che il suo papà le portava dal lavoro. E anche storie di paura! Romanzi con vampiri e fantasmi e intrepide ragazze, di Londra o Parigi, costrette a scappare nella notte, inseguite da creature dagli occhi di fuoco. Erano storie in cui era facile perdersi: provare il brivido della paura e il sollievo dell'ultima pagina le era sempre piaciuto. Molti ritenevano che una ragazzina non dovesse leggere libri così, ma il suo papà aveva sempre difeso quella scelta, dicendo che non esistevano libri che non si potessero leggere, a patto che fossero scritti bene.

Quanto le mancavano, ora! Era partita solo la notte prima e già i suoi libri sembravano lontani un mondo intero.

«Uffa» sbottò per quella che le parve la centododicesima volta. Guardò Miss Petunia. «Non sei certo di compagnia, tu, eh?»

Johanna la mise nel suo lettino improvvisato e le rimboccò la coperta di tela fin sotto il mento. Aveva avuto un'idea.

Camminò fino allo scrittoio e aprì i cassetti. Trovò mozziconi di candela, pezzi di spago, blocchi con moduli stampati e alcuni quaderni. C'erano anche molte matite spesse e dalla punta nera. In un cassetto trovò qualcosa di strano: un mazzetto di lunghe piume color verde smeraldo, tenute insieme da un pezzo di spago. Le portò al naso ma non sentì nessun odore. Le fecero il solletico e quindi le depose sul tavolo.

Raccolse invece la cartelletta di legno con i fogli.

Era una specie di elenco: parole varie e numeri lungo un lato del foglio, una colonna di nomi, date, altri nomi dall'altra parte del foglio. La calligrafia era pulita e ordinata, le ricordava la schiera di cerchi e stanghette che aveva dovuto comporre all'infinito quando aveva imparato a scrivere. C'era però qualcosa che non andava. A volte i nomi delle città erano sbagliati e si leggeva "Vila" al posto di "Villa" oppure "Dorango" dove doveva esserci "Durango". Anche i numeri non erano tanto a posto e Johanna si accorse che in almeno un caso il numero sei era rovesciato, come se a comporre quell'elenco fosse stato un bambino.

E poi trovò se stessa. O, almeno, così credette.

In basso, con una calligrafia diversa dal resto del foglio lesse:

Posta prioritaria Wells & Fargo C. L. P. -03-14-14
Città del Messico - El Paso - C. L. P. & Señora -03-21

Eccola lì. Registrata, spedita, trasportata.

Strinse le labbra, prese velocemente la matita dallo scrittoio con tutta l'intenzione di tracciare delle righe per cancellare quella registrazione e...

«Affrancata: 12 dollari e 75 cent, consegna speciale, riservata».

Era la voce di suo papà. L'aveva spedita. Ma a fin di bene.

«Tu sarai in salvo, così la Wells Fargo mi farà tornare a casa» le aveva detto.

L'aveva fatto per mandarla da sua mamma e metterla al sicuro.

Le si annebbiarono gli occhi e li chiuse.

Plick!

Una macchia grigia e rotonda di bagnato si allargò sul foglio.

Si portò una mano al viso: aveva le guance umide e una lacrima era caduta sul foglio. Copriva parte di una scritta relativa a una spedizione da un certo Teo Tomatito verso Chihuahua. Johanna vide con orrore la scritta "Chihuahua" trasformarsi in una macchia sbavata che sembrava più "Chihuaoa".

«Oh, no!» esclamò. «E adesso?»

Non è giusto, pensò. *Non è giusto che quei signori abbiano costretto papà a spedirmi. E anche che ora io sia qui a piangere... e ci rimette anche il signor Tomatito!*

Prese la matita e cercò di correggere la macchia. Ma la carta era pastosa e troppo bagnata. Finì per fare un buco con la matita. Allora pensò di tracciare una linea e di riscrivere tutta la frase, ma non avrebbe funzionato, si sarebbero accorti del pasticcio e allora chissà cosa sarebbe successo.

Sollevò il primo foglio e vide che sotto ce n'era un altro, identico, con le righe degli elenchi pronte a ospitare parole e numeri.

In un attimo, prese una decisione: staccò il primo foglio, lo stese di fianco alla cartelletta e cominciò a riscrivere tutto l'elenco sul secondo.

Il tempo volò via. Scrivere le piaceva. Si impegnò a imitare la calligrafia semplice e pulita, ma poi si accorse di aver commesso una leggerezza.

Quando arrivò alla nona riga, senza pensare, aveva corretto il nome della città di destinazione che invece, sul primo foglio, era scritto in modo sbagliato.

Ci pensò su un attimo, poi si strinse nelle spalle e riprese. Tanto valeva fare bene tutto.

Rifare la riga che la riguardava richiese più attenzione. E fu difficile: sentì che gli occhi le si riempivano di spilli e dovette fermarsi e chiuderli, per non piangere di nuovo.

Finì di riscrivere e andò a sdraiarsi nel suo lettino. Si addormentò.

«Cos'è successo qui?»

L'omone dalle lunghe braccia era alla scrivania. Doveva essere entrato mentre Johanna dormiva. Di fianco a lui, c'era un ragazzo. Indossava una giacca beige con i bottoni dorati e un berretto dalla visiera rigida. Aveva un viso simpatico, le sorrise.

«Ciao, stai bene? Tutto a posto?»

L'omone bofonchiò qualcosa, mentre sistemava la tavoletta con i fogli e apriva il cassetto per mettere via le matite.

«Sì, grazie. Ma mi annoiavo tanto, e...»

«Ehi, ma tu parli spagnolo!» Il ragazzo le si avvicinò, mentre Johanna si rimetteva in piedi. Era più grande di lei di una spanna, magro e asciutto. Sembrava fosse fatto solo di gomiti e ginocchia, ma ispirava fiducia.

Le tese la mano.

«Sono Francisco Ortiz, ma tutti mi chiamano Chico».

Johanna fece per rispondere, ma vide che l'omone si era voltato e li guardava con severità. Forse non voleva che parlassero.

E per tutta risposta lei decise che quello sarebbe stato proprio ciò che avrebbe fatto.

Strinse la mano del ragazzo.

«Molto piacere, Chico. Io sono Johanna Pearson, ma tutti mi chiamano Jo».

E concluse la frase guardando proprio il volto dell'omone.

Questi scosse le spalle, si voltò e borbottò ancora. Poi vide qualcosa sul tavolo e vi batté una manata.

«Cos'è successo alla mia lista?»

«Che succede?» chiese il ragazzo.

«È diversa! Ecco che succede!» L'uomo si voltò e mostrò

i fogli. Indicò le righe con un ditone grosso come una salsiccia.

«Guarda! Non è come scrivo io».

«Sono stata io».

I due si voltarono a guardarla. Chico incuriosito e l'altro assolutamente stupefatto.

«Tu?» L'omone spalancò gli occhi. «Tu!»

«Sì, io. Ma non volevo! Stavo piangendo e ho bagnato il foglio e poi...»

«Stavi piangendo?» le domandò il ragazzo. «Perché?»

«Lasciala finire! Ha cambiato tutto, ha combinato un guaio!»

«Non ho combinato niente!» scoppiò lei. «Se proprio lo vuoi sapere, ho ricopiato tutto per bene. E ho anche corretto gli errori».

«Non c'erano errori».

«Sì che c'erano, invece! Non volevo fare niente di male» si giustificò. «Ma quando ho visto che avevo rovinato le scritte con le mie lacrime mi sono messa a rifare la lista».

«Hai corretto gli errori» intervenne Chico con un sorriso. «Ci hai fatto un favore».

Lei si strinse nelle spalle.

«Ero brava a scuola e... mi è venuto così».

«Dovresti ringraziarla, Luisito, invece di arrabbiarti. Lo sai che non è il tuo forte la scrittura».

L'altro sbuffò.

«Questo non sarebbe successo con gli altri miei pacchi. Loro se ne stanno buoni!»

«Non mi hai detto perché piangevi» le disse il ragazzo.

«Non ci interessa» sbottò l'altro. «Non le parlare, Chico. Non ci interessa niente».

«Ma a me sì! A me interessa!»

«Mi manca la mia mamma. E il mio papà».

I due non dissero niente.

«È che mi annoio. Qui non c'è proprio niente da fare» spiegò Johanna facendo spallucce.

«Non ci interessa!» incalzò l'omone.

«Luisito! Dai, non essere scortese» protestò il ragazzo.

«Il mio papà mi ha spedito via» continuò Johanna. «Sono americana, ma ho vissuto tanto a Città del Messico. Solo che adesso papà mi rimanda a casa dalla mamma, perché ci sono degli uomini che...»

«Senti, *señorita*» la interruppe l'omone. «Non ci interessa. Dobbiamo occuparci di te e questo faremo. Non la voglio sapere la tua storia. Chico è un valletto e deve essere gentile con i passeggeri, ma io no. E poi, tu non sei una passeggera».

Jo notò che era grosso ma, anche se severo, il suo viso non faceva paura. Sembrava, anzi, un po' timido. Le parlava senza mai guardarla negli occhi.

«Ma io... non ho nessuno con cui parlare!» protestò.

«Fa niente. Sei un pacco, e i pacchi non parlano!»

Questo è troppo!

Johanna fece un passo avanti e si piantò a gambe larghe di fronte all'omone.

«Io non sono un pacco». Poi si toccò i francobolli, che

parevano pesarle come sassi. «Sono una lettera, vedi? Dodici dollari e settantacinque cent, posta pri-o-ri-ta-ria!»

Il valletto aveva gli occhi sgranati. L'omone aveva le guance che tremavano.

Johanna sospirò e riprese.

«Sono una lettera, io, no? E le lettere hanno *sempre* una storia da raccontare. Quindi voglio parlare».

I due si guardarono. Poi il ragazzo scoppiò a ridere. Si tolse il berretto e lo picchiò su una gamba.

«Ha ragione, eh, Luisito? Che dici!»

L'altro sporse le labbra in una specie di broncio e si voltò.

«Io non posso restare qui fino a quando arriviamo in Texas, dai...» protestò ancora Johanna. «Non ho niente da fare, niente da leggere, niente da guardare. E con lui che mi tratta così, mi sembra di essere in prigione!»

Puntò un dito accusatorio contro Luisito, il quale si voltò con aria colpevole.

«Ti tratto male?» chiese sollevando le spalle e aprendo gli occhi fin quando non sembrarono due grosse monete. «Ma come?»

«Male! Ecco come».

«Ma io...»

«Luisito non è cattivo» disse allora Chico. «Senti, vorresti vedere il resto del treno?»

«Certo! Oh, sì, per favore!»

«Benissimo, andiamo» le disse allora il ragazzo e le fece cenno di precederlo verso la porta della carrozza.

Mentre uscivano, Johanna vide che Luisito tornava alla scrivania.

Depose la tavoletta e poi notò il ciuffetto di piume. Jo vide che lo raccolse e lo portò alla guancia. L'uomo chiuse gli occhi e sospirò.

Cap. 4

UN'ARANCIA, DUE SORRISI

Chico condusse Johanna nella prima delle carrozze passeggeri, un vagone con sedili di legno orientati come salottini e un corridoio nel centro. Aveva lanterne di fianco ai finestrini e sputacchiere vicino alle porte. Era pieno di voci, colori e passeggeri. Alcuni dormivano come potevano, altri mangiavano, altri ancora giocavano a carte. Era pieno di galline in gabbie di vimini, tessuti, formaggi e verdure, fiori, profumi e musica. Sembrava di attraversare un mercato gioioso. Faceva girare la testa.

«Dove vanno tutti?» domandò.

Di fianco a Jo, su uno dei sedili di legno, una donna anziana dormiva pesantemente. Aveva il volto color del rame degli indios, antico e segnato dalle rughe, ma capelli neri come la notte, pettinati in due trecce dure. Ai suoi piedi le era caduta una borsa di tela colorata.

«Dove vai tu, più o meno» rispose il ragazzo. «Dove vanno tutti: a casa, da parenti, al lavoro. Oppure vanno via... o tornano indietro. Chi lo sa? Ognuno fa un viaggio diverso, no?»

Jo raccolse la borsa della donna e gliela sistemò sul sedile, vicino alla mano.

«Sì, immagino tu abbia ragione. Ci sono molte fermate?»

«Tantissime. Ogni giorno ne abbiamo almeno otto o nove».

«E i passeggeri scendono e salgono ogni volta?»

«Alcuni. Altri restano a bordo. Certi viaggiatori scendono, altri salgono, ci sono pacchi che vengono consegnati, altri sono caricati».

Jo rimase a riflettere un istante mentre il valletto riprendeva a camminare.

Poi si sentì tirare per una manica. Era la signora a cui aveva raccolto la borsa. Si era svegliata e le porgeva un'arancia.

«Grazie ma non posso pagarla».

L'altra scosse la testa e aprì la bocca su un sorriso sdentato. Poi sbucciò rapida l'arancia e aprì in due il frutto. Ne porse metà a Johanna che accettò e morse uno spicchio.

Era dolce e succoso.

Chiuse gli occhi gustandosi il succo dolce e fresco, la polpa morbida che sapeva di sole.

«*Gracias!*» disse mettendosi in bocca un altro spicchio.

La donna, per tutta risposta, si alzò e le mise una mano sulla testa, come se la stesse benedicendo. Poi tornò a sedere e chiuse gli occhi.

Chico, in fondo al corridoio, le sorrideva.

Il valletto le fece attraversare altri tre vagoni. In uno di questi, i viaggiatori avevano strumenti musicali e stavano suonando e cantando. Era come camminare per i rioni di un villaggio in festa. Verso la fine dell'ultimo vagone, un ometto in cravattino con occhialini tondi scriveva su un piccolo quaderno, indifferente alla musica allegra che lo circondava.

Attraversarono una carrozza ristorante molto malandata. Alcuni tavoli erano stati tolti e, in un angolo, c'era una specie di stufa da campo e un banco da lavoro per preparare i pasti.

Ogni volta che lasciavano una carrozza per la successiva oltrepassavano uno spazio di collegamento tra i due vagoni composto da due piccole predelline di metallo con delle ringhiere. L'aria ruggiva e il Messico correva veloce intorno a loro, come un mare color della sabbia, in cui affioravano isole di verde e bianche case lontane. Chico apriva e chiudeva le porte con una chiave speciale.

«Solo il personale ce l'ha» le disse quando vide che Jo la guardava. «Chiudiamo le porte perché c'è sempre qualcuno che vuole viaggiare senza biglietto e cerca di salire a bordo. Oppure qualche curioso che rischia di cadere e rompersi il collo».

«Non ne avevo mai sentito parlare».

«È una novità, infatti» rispose l'altro. «Di solito non si passa da una carrozza all'altra. Non sono tanti i treni come questo, sai?»

Erano sulla predellina del carro ristorante e Jo si appoggiò alla ringhiera e si sporse di poco in fuori. Il vento, caldo e ruvido, la colpì come uno schiaffo e le sollevò i codini, facendoli danzare come bandiere.

«Ehi, attenta! Se c'è uno scossone, cadi!»

«Quanto ci vuole?» chiese lei tirandosi indietro.

«Per cosa?»

«El Paso. Tra quanto arriveremo?»

«Ah. Be', almeno quattro giorni. Se tutto va bene».

Chico si voltò e aprì la porta del vagone successivo.

«In che senso "se tutto va bene"?»

«Be', sai... c'è la Rivoluzione. Forse passiamo in qualche zona pericolosa e allora, magari, i soldati ci fermano. Oppure c'è una deviazione per qualche guasto e si aspetta che vengano a riparare tutto. E poi, era tanto che non facevamo questa tratta. L'hanno riaperta da poco. Siamo forse i primi che transitano di nuovo da qui».

Le fece cenno di seguirlo e passò nell'altro vagone.

Appena Johanna fu entrata, Chico chiuse la porta. La nuova carrozza era diversa dalla precedente. Era la seconda classe. Il corridoio costeggiava il lato destro del vagone e, a sinistra, si aprivano piccoli salottini, con una porta di legno e vetro. All'interno sedevano viaggiatori di aspetto più distinto. Alcuni leggevano dei giornali. Altri sonnecchiavano.

«Una volta siamo arrivati a una stazione di rifornimento. Sai, per l'acqua. Ma per una sparatoria il serbatoio era sforacchiato come un colabrodo. Allora abbiamo aspettato che i contadini ci portassero l'acqua per la caldaia. E siamo partiti con un giorno di ritardo. Non si può mai sapere davvero».

Johanna vide Chico occuparsi di alcuni viaggiatori della seconda classe. Gli domandavano informazioni sul viaggio, altri chiedevano di portare un biglietto ad altri passeggeri, oppure piccoli favori, come recuperare qualcosa da mangiare. In un caso soltanto il valletto non era riuscito ad aiutare un passeggero: un signore dal viso arrossato, che diceva di essere in viaggio fino a Chihuahua, sosteneva di non trovare più il borsellino ed era disperato. Lui e Johanna lo cercarono a lungo per tutto il vagone, chiedendo anche agli altri viaggiatori, ma senza successo.

«Purtroppo a volte capita» disse più tardi il ragazzo. «Non sai mai chi può salire a bordo e qualche malintenzionato capita».

«Vuoi dire che c'è un ladro?»

«Forse».

«Bisogna avvisare la polizia!»

Lui le fece un sorriso triste e scosse la testa: «Sarebbe inutile. Ma magari quello lì l'ha solo perso, il suo borsellino, chi lo sa?».

Chico era bravo, comprese Johanna, aveva una risposta cortese per tutti, ascoltava con interesse e si adoperava al meglio.

«Sei come un cameriere?» gli domandò a un certo punto.

«Più o meno. Il mio lavoro si chiama "valletto"».

«Valletto» Jo si rigirò la parola in bocca. «Suona bene, mi piace. Sembra una cosa interessante».

Il ragazzo si strinse nelle spalle.

«Arrivano anche delle belle mance, ogni tanto» le fece l'occhiolino.

«Soldi che puoi tenere?»

Lui annuì.

Raggiunsero il fondo della seconda classe e Chico aprì la porta di collegamento.

Sulla predellina, l'aria odorava di carbone. Jo non riuscì a sporgersi per guardare il panorama. Una densa nuvola nera li investì e lei cominciò a tossire.

«Che cos'è, un incendio?» gridò per farsi sentire.

Chico rise e si affrettò ad aprire la porta del vagone successivo.

«No!» rispose. «È Rosa!»

«Rosa? Cosa sarebbe, una specie di drago?»

Il ragazzo si voltò, con una strana espressione in viso.

«Ehi, non ci avevo mai pensato!» Scosse la testa ridendo e mise via la chiave. «Comunque, no. Vedrai...»

Spalancò la porta su un vagone molto più bello degli altri, quasi di lusso. C'era una sputacchiera di ceramica, vetri puliti e una serie di porte di legno lucido. Sembrava l'interno di un albergo.

«Ecco,» le disse indicando il corridoio con un gesto del braccio «questa è la prima classe, ma al momento è quasi vuota».

«E queste porte sono di cabine?»

«Sì, di lusso!»

«Cioè?»

«Sono come camere d'albergo. Cioè qui ci si dorme anche, se vuoi».

«Wow. Deve costare un sacco il biglietto...»

«Abbastanza, sì». Chico avanzò lungo il corridoio. «Mi occupo anche e soprattutto dei passeggeri della prima classe».

Chico le mostrò la seconda porta.

«Qui c'è un uomo d'affari di Veracruz. Pelato e simpatico, ma un po' tirchio. Vuole sempre frutta fresca a colazione. Non mi ha ancora dato soldi, solo canditi, immagina! Per fortuna scende a Irapuato, credo. O a Salamanca. Boh, un posto così».

«E come fai?»

«Be', quando ci fermiamo ci sono sempre venditori ambulanti, oppure negozi... I guai cominciano quando mi chiedono cose più difficili».

«Tipo?»

«Be', un giorno, un tizio ha chiesto che gli facessi trovare pronta, pulita e stirata la sua *rendigote*».

«Cosa sarebbe?»

«Una specie di lunga giacca. Era un gringo. Ehm, scusa, un americano. E lavorava per non so quale strano catalogo di vendita per corrispondenza. Solo che noi eravamo in viaggio per tornare a Città del Messico e lui...»

Il ragazzo non completò la frase. In fondo al vagone si era aperta una porta.

Ne uscì una signora, robusta, vestita con un abito all'ultima moda che la faceva assomigliare a una grossa torta di compleanno, con tanto di cappello color confetto e veletta. Quando la donna vide Chico e Johanna, si piantò i pugni sui fianchi.

«Ah, eccoti qui!» esclamò.

«*Señora* Pilar, posso aiutarla?»

«Cielo, direi! Ti stavo cercando con urgenza!»

Chico camminò lungo il corridoio e Jo gli tenne dietro.

«Mi dica, *señora*, che succede?»

La donna strabuzzò gli occhi, li alzò verso il soffitto del vagone e prese fiato. Uno scossone del treno le fece perdere l'equilibrio e lanciò un urletto. Riuscì a non cadere appoggiandosi a Chico, il quale dovette reggersi a Johanna.

«Oh, scusate» disse la Pilar. Si sistemò il cappello. «Comunque, dovete fare qualcosa!»

La donna mostrò l'interno del suo scompartimento. Era una stanzetta di alcuni metri di lato, con il finestrino del treno a illuminare un'esplosione di vestiti, sottane, calze, cappelli e camicette. Di fianco al finestrino c'erano dei tendoni pesanti, color pesca, e di fronte a ciascuno di essi un grosso baule, in piedi, aperto su un campionario di abiti che avrebbe fatto invidia a una boutique.

«Stavo cercando di scegliere il vestito più adatto per quando arriveremo a El Paso. Sapete, il sindaco della città in persona verrà ad accoglicrmi».

«E non riesce a scegliere?» chiese diffidente Chico.

La signora Pilar assunse un'aria contrariata.

Jo diede una gomitata al valletto e fece un passo avanti.

«Il sindaco, ha detto? Allora lei deve essere famosa e importante, *señora*!»

Sul volto della donna si allungò un'espressione molto soddisfatta.

«Il mio nome è Chantal Adelina Maria Lupe Pilar. Sono una cantante lirica, sapete?»

«Mi era parso di sentire qualcosa di simile, in effetti» commentò Jo, che aveva cominciato a capire la donna. «Sapevo che su questo treno viaggiava una celebrità, ma non immaginavo...»

«Grazie cara, sei molto gentile. L'anno scorso, a Caracas, la mia *Carmen* è stata un successo. Pensate che l'ambasciatore del Portogallo non finiva più di mandarmi fiori e invitarmi a cena».

La donna terminò la frase con un sonoro sospiro.

«Bene» s'intromise Chico, che ancora non aveva capito cosa stesse succedendo. «Quindi, *señora*? Che succede?»

La Pilar lo guardò seccata.

«In questo scompartimento c'è uno spiffero! Un terribile, sibilante e freddo spiffero! E di sicuro mi farà venire il mal di gola. O peggio, un raffreddore!»

«Questo è un vecchio treno,» si scusò il ragazzo «forse ci sono delle fessure...».

Johanna superò la donna e si mosse per lo scompartimento, attenta a non calpestare gli abiti per terra. Era un mare di tessuti, trine, merletti e lacci. Vide una bottiglia di liquore sul tavolo, una scatoletta di mentine sulla sedia, un cappello con lunghe piume di pavone appeso a un piolo.

Le piume tremavano come se qualcuno stesse soffiando su di loro.

«Dico, si è mai sentito di una Carmen con il raffreddore? Come potrò esibirmi?» continuava la donna.

«Mia nonna faceva un decotto di salvia e timo che...» Chico, però, non terminò la frase.

«C'è uno spiffero!» annunciò Jo.

«Proprio così, tesoro» commentò la signora Pilar. «È proprio quello che vi sto dicendo!»

«Guarda, Chico». Jo cercò la possibile fonte di quell'aria e vide che uno dei tendaggi si muoveva appena. «Ecco qui!»

Scostò la tenda mostrando la tappezzeria. Era fatta di lunghe strisce di carta da parati, stese lungo le pareti. Dietro la tenda, una striscia era strana, con delle gobbe che disegnavano un rettangolo abbastanza grande per farci passare una persona. Un bordo di questo rettangolo finiva proprio sotto il margine della carta da parati, che era sollevata. Al di sotto, s'intravvedevano una lama di luce e un gancetto che pendeva. L'anellino a cui fissarlo spuntava dalla tappezzeria. Era proprio da quella fessura che entravano la luce e l'aria. Sembrava quasi...

«È una porta!»

«Accidenti, è vero» confermò Chico togliendosi il cappello. Si sporse e parve quasi un giovane galletto con il collo proteso. «Sembra una vecchia porta di accesso. Ma che strano. Però sono vagoni vecchi, forse questo, prima di essere per la prima classe, lo usavano anche per altro».

«Cosa ci fa una porta nel mio scompartimento?»

«Ehm...» farfugliò Chico. «Non pensavo ci fosse. Devono averla dimenticata quando hanno rifatto il vagone».

«È uno scandalo!» disse la Pilar. «Pretendo subito un'altra

sistemazione! Voglio un rimborso! Desidero parlare con il capotreno!»

Johanna infilò le mani sotto la carta da parati, afferrò il gancetto e tirò. Il rettangolo sotto la tappezzeria parve muoversi, mentre l'anta di quella strana porta si assestava. La lama di luce si ridusse.

«Ci vorrà del tempo, *señora*. Vado subito a cercarlo e...»

Johanna chiuse l'anta. La fessura scomparve e lo spiffero cessò del tutto. Poi infilò il gancetto nell'anellino.

«Ecco fatto» disse sistemando la tappezzeria in modo che coprisse il bordo della porticina dimenticata.

«Oh...» fecero in coro la Pilar e il valletto.

Jo tirò di nuovo la pesante tenda e spostò una delle valigie della donna, per bloccarla e coprire il punto della parete dove c'era il contorno della porta.

«Magnifico!»

«Grazie, *señora*, ma non è stato niente».

«No, no, perfetto!»

Chico la guardava con ammirazione.

«Ecco qui,» annunciò la donna mentre metteva nella mano di ognuno dei due una moneta. «Ve li siete davvero meritati».

«Ma noi...» balbettò Johanna. «Io...»

«Proverò a stare così e se tutto andrà bene non ci sarà bisogno di disturbare il capotreno. Mi riservo, però, la possibilità di chiamarvi ancora, se quell'orrendo spiffero dovesse minacciare nuovamente la mia voce».

E così dicendo, la signora Pilar si portò una mano alla base della gola, si schiarì la voce e lanciò un forte "mi-mi-miii!".

«Ecco, non si disturbi» si affrettò a dire Chico, arretrando verso la porta. «Davvero, va bene così».

Johanna si portò una mano alla bocca per coprire le risate e seguì il ragazzo.

I due richiusero la porta su acuti e gorgheggi e risero di cuore.

Dopo poco, si spostarono e guardarono fuori dai finestrini. Chico si tolse il cappello e si asciugò le lacrime.

«Ehi, abbiamo guadagnato cinquanta cent!» disse Johanna osservando la moneta che aveva in mano. «Mi piace fare il valletto, sai? Sarebbe un bel modo di viaggiare. Non mi annoierei e potrei aiutarti! Che dici, posso?»

Quando Johanna guardò l'amico, lo vide serio serio. Chico si sistemò la giacca e rimise il cappello in testa. Fissava oltre le spalle di Johanna. Lei seguì la traiettoria dei suoi occhi e vide che nel corridoio stava avanzando un messicano alto e magro, con una divisa da ferroviere tutta nera. Aveva il viso percorso da una ragnatela di rughe sottili, capelli bianchi e vaporosi e un monocolo all'occhio sinistro. Sembrava un nobile straniero di uno dei suoi romanzi d'avventura.

Era il capotreno.

Cap. 5

STIVALI NELLA SABBIA, SUSSURRI NEL VENTO

«Ecco, ci siamo!» disse Daniel deponendo la chitarra di fianco al sedile del carro dove si trovava e alzandosi in piedi.

Vide la figura di Fabiano Parmisan, tornato dal suo giro di avanscoperta, cavalcare fino alla testa della colonna.

«Attento, Rojo, non cadere!» gli disse Valentina.

La ragazza aveva gli splendidi capelli neri legati con un nastro rosso, sotto un cappello di paglia. La sua camicetta bianca sfolgorava nel sole del mattino. Teneva vicino a sé una pesante borsa di stoffa rossa e la curava come se contenesse delle uova.

Lui non le rispose, era troppo preso da ciò che stava accadendo in testa al gruppo. Le parole non si sentivano, ma Fabiano stava parlando con Aceveda e il generale Villa. Di fronte a loro, a circa un migliaio di passi, la monotonia del deserto veniva rotta da una collina di roccia rossa puntellata di spaccature, macchie di arbusti e pendii dolci.

«Avanti, avanti! Siamo arrivati!» si fece sentire Villa. Aveva il cappello in mano e lo agitava per farsi vedere.

Daniel scorse Aceveda asciugarsi il sudore e sputare nella polvere.

I cavalli, con in sella gli uomini di Villa, ripresero il passo. Il ragazzo si risedette e diede un colpo di briglie. I due muli si mossero. Quando il carro raggiunse il punto dove si trovavano i due ufficiali, Villa fece avvicinare il cavallo. Si buttò il sombrero sulla schiena e prese una borraccia dalla sella. La stappò e la porse all'uomo nel cassone, in mezzo alle provviste. Era il Vecchio gringo.

«Bevi, amico mio. Ci siamo!»

L'altro si passò una mano nodosa tra i folti capelli bianchi. Aveva il viso impolverato, come tutti loro, e l'aria stanca. Quando bevve, Daniel vide i suoi occhi azzurri sfavillare: c'era una mente vivace dietro quello sguardo, aguzza quanto un coltello, pronta a lasciarti il segno.

«Sono sempre dell'idea che si tratti di una sciocchezza,» disse piano l'americano «ma immagino che ormai sia tardi».

«No, non è tardi. Siamo arrivati in tempo!»

Villa ridacchiò mentre metteva via la borraccia. Poi portò il cavallo vicino a Daniel e Valentina.

«E voi? Come ve la passate?» domandò Villa.

«Tutto bene, generale, grazie» rispose Valentina.

«E tu, ragazzo?»

Daniel si morse un labbro, poi scelse con cura le parole.

«La mia schiena non è fatta per il carro, ma per la sella. Però sono un suo soldato e so obbedire. Sono pronto a fare quello che mi chiederà, fosse anche guidare questo trabiccolo fino alla California!»

«*Muy bien!*» rise Villa. «Così si parla, figliolo! Ma non ce ne sarà bisogno. La parte più difficile del viaggio è quasi terminata».

«Ah, piacerebbe anche a me la California!» berciò Aceveda, che aveva portato il cavallo dall'altra parte del carro. «Sole caldo, vento fresco e *tortillas* morbide. Ma verrà il momento, eh?»

Villa puntò una mano verso la collina e indicò una linea nera.

«La vedi quella spaccatura, Daniel? Porta lì il carro e poi scaricalo».

«Tutto, generale?»

«Tutto quanto. Quando hai finito, abbevera i muli e tieniti pronto».

«Sì, signore».

«Avrò bisogno di te, a quel punto, Valentina» disse ancora Villa. «Ce l'hai con te, vero?»

La ragazza si voltò e sollevò il lembo di una coperta nel cassone. Sotto c'era una cassa con una scritta stampata a fuoco:

DYNAMITE

Villa rise e le fece l'occhiolino.

Poi diede di sprone e lanciò il cavallo al galoppo, sollevando una nuvola di polvere.

«Quanti candelotti hai, lì?» chiese Aceveda.

«Tutta la cassetta, 48 candelotti».

L'altro parve soddisfatto.

«Cosa dovrai far saltare?» chiese Daniel mentre la ragazza ricopriva la cassa.

«Non lo so, non me l'ha ancora detto. Non preoccuparti».

«Io non mi preoccupo!» scattò lui.

«Certo».

Rimasero in silenzio a osservare il lento su e giù delle teste dei muli.

«Il ragazzo ha ragione» gracchiò la voce del Vecchio gringo dal fondo del carro. «Questo viaggio è un errore. E Villa non lo capisce».

Ptui! Aceveda sputò il tabacco al suolo ma non disse nulla.

Daniel non seppe che pesci prendere. Si voltò a guardare il passeggero. Il gringo lo fissava con quei suoi occhi color del cielo.

«Ci ha guidato sempre bene» obiettò Valentina.

«È vero, ma tutti gli uomini sbagliano. Pur rimanendo grandi uomini».

La ragazza sbuffò e si sistemò meglio la borsa sulle ginocchia.

«Pancho Villa è il miglior combattente che la *Revolución* possa avere» tagliò corto Aceveda.

«Anche Re Artù era il miglior re che l'Inghilterra avesse mai visto. Eppure fu tradito e cadde. Basta un solo errore per trasformare un sogno in polvere».

Il vento soffiò un sussurro carico di minacce sui loro visi.

«Be', non ci resta che aspettare e vedere» disse ancora l'americano. «Far cambiare idea a Pancho Villa una volta che si è messo in movimento è come cercare di fermare un treno in corsa alzando una mano».

Il silenzio divenne pesante come un macigno. I muli sembravano così lenti che a Daniel parve che non avrebbero mai raggiunto la collina. Gli altri erano già a metà strada.

Tutto d'un tratto, il cigolio delle ruote e il *clip-clop* degli animali gli diedero ai nervi.

«Credevo che la dinamite la tenessi in quella borsa» disse a Valentina, per rompere l'imbarazzo.

«No. Sarebbe troppo pericoloso».

«E cos'hai allora, lì dentro? Micce? Munizioni? Un'altra arma?»

Valentina rise e fu un suono strano e bellissimo nel silenzio di quella pianura immensa.

«In un certo senso sì, Daniel Carmin!» gli disse guardandolo in viso. Gli zigomi alti e rotondi sembravano scolpiti da un artista. Era così bella che gli si fermò il fiato in gola. «Qui dentro c'è l'arma più forte di questa nostra Rivoluzione. C'è il nostro futuro».

Con un urlo selvaggio, Aceveda diede un colpo di talloni al cavallo e galoppò verso la collina.

Il sole del pomeriggio incideva ombre nitide sulle pietre. Nella spaccatura tra le rocce faceva fresco, ma Daniel poteva vedere il caldo del giorno increspare l'aria all'orizzonte.

Il generale non si vedeva, ma non era una novità. Pancho Villa era solito camminare da solo quando voleva pensare.

I muli e i cavalli riposavano al fresco, i lunghi musi infilati nei sacchi con la biada. Erano stati dissetati e strigliati. Nell'aria c'era il profumo del caffè e della carne salata, i giacigli erano stati preparati.

Mentre scaricava il carro, Daniel Carmin non poté fare a meno di studiare i suoi compagni di avventura.

Fabiano era di vedetta, nascosto in cima alla collina. Era il soldato più giovane dopo di lui e Valentina, ed era un amico fidato. Con lui doveva esserci Paco Serrano, perché non vedeva da nessuna parte il soldato dal volto sfregiato.

Alejandro Losa e Corradin Sobrero erano chini nei pressi del fuoco. Daniel riconobbe la schiena grande e curva del primo e la pelata del secondo. Sobrero era stato farmacista e cavadenti a Tijuana, ma secondo molti si trattava di un baro in fuga da un passato burrascoso, secondo altri aveva venduto vaniglia e semi di banane tra i Caraibi e Caracas. Non aveva molta importanza. A Daniel piaceva, era un uomo con cui era gradevole parlare, anche se donne, viaggi e cibo erano i suoi argomenti preferiti.

Sotto uno sperone di roccia, simile a un ragno nel suo buco, il capitano Aceveda parlava con Pedro Solina, Hector Espada e Tito, un soldato piccolo ma dalle braccia lunghe, che gli uomini chiamavano "Chango", la scimmia.

Sembrava un consiglio di guerra. Solina si toglieva spesso il corto sigaro dalle labbra, per massaggiarsi i baffetti ai lati della bocca, mentre Hector dimostrava di essere più interessato a studiarsi gli stivali sfondati che a guardare in faccia gli altri.

Daniel depose un barilotto a terra e si asciugò la fronte.

«E così ti ritrovi a essere l'unico che scarica il carro, Carmin».

Era stato il Vecchio gringo, a parlare. Sedeva da solo, avvolto nella sua coperta, sull'unica pietra baciata dal sole. Era rimasto immobile così a lungo che Daniel si era quasi dimenticato di lui.

Il gringo rise.

«Hai visto un fantasma?»

«No. Ero soprappensiero».

«Riesci a pensare nonostante tutto questo lavoro manuale? Bene. Ma non è una sorpresa. Forse sei l'unico, qui in mezzo, che pensa. O forse no».

Il ragazzo prese alcune coperte arrotolate e le buttò per terra. Il carro era quasi vuoto, finalmente.

«Cosa vuoi dire?»

L'americano si strinse nelle spalle.

«Cosa vedi? Quando guardi i tuoi compagni, cosa vedi?»

«Dei rivoluzionari» rispose Daniel. «Messicani. Patrioti. Gente che ha lasciato tutto per dare futuro al Messico».

«E di che futuro stiamo parlando?»

Daniel si morse un labbro. Non gli piaceva quell'interrogatorio.

Poco distante, Pancracio Manteca, un ragazzone dal viso sempre sudato, stava pulendo il fucile.

«Libertà, credo. Giustizia. Il popolo che non è costretto a morire di fame e...»

«Aaah... gli alti ideali della *Revolución*!»

Il ragazzo diede un calcio a un sasso.

«Non sono qui per farmi deridere da un gringo. Ho del lavoro da fare!»

«Non ti scaldare, Carmin. Non ti sto prendendo in giro. Sono ideali per cui vale la pena morire. Anzi, no. Vale la pena vivere. E combattere. Ci vorrebbe più gente come voi, viva e sanguigna, dalle mie parti, dove tutti sembrano aver scelto di tirare a campare. Tuo padre deve essere orgoglioso di te. Hai la testa sulle spalle e il cuore saldo. E vedi lontano, anche nelle tue scelte».

Daniel rimase sorpreso da quelle parole. L'americano era un vero enigma.

«Hai fiducia in Villa?»

«Certamente».

«Combatterai ancora per lui, per la *Revolución*, se sarà il caso?»

«Sempre».

«Contro chiunque?»

Gli occhi del gringo sfavillavano. Forse di febbre.

«Le tue domande sono molto strane. Ma certo, contro chiunque!»

Si diede una pacca su una gamba.

«Mi ricordi molto Pancho, sai? No, non fare quella faccia. Ci sono almeno trent'anni e trenta chili di differenza tra te e lui, ma dentro... dentro siete uguali. Lui vive per questi ideali. E il guaio è che si farà anche ammazzare per loro. Ma è un capo che merita di essere seguito, perché vuole davvero l'interesse del popolo. È un bene che ti abbia voluto con sé, in questa impresa da balordi».

«Adesso basta. Di quale impresa da balordi stai parlando?»

«Non l'hai ancora capito? No, certo che no. Ho lasciato il mio Paese perché la vita, là, era priva di scopo. Forse morire da voi servirà a qualcosa, questo mi dicevo. La verità è che qui in Messico la gente vive ancora ed è pronta a morire per qualcosa di importante. Giustizia. Libertà. Uguaglianza. Il guaio è che non sono morto. Non ancora, almeno».

«Parli per enigmi, gringo». Daniel si sistemò il cinturone con la pistola e rimase a guardare l'altro uomo.

«Davvero? Mi sembrava di esser stato fin troppo chiaro. Pancho non mi dà retta, non vuole rinunciare a questa impresa d'onore. E sta infilando la testa nel cappio. Per questo ora parlo con te. Perché magari, insieme, riusciremo a tirargliela fuori quando il cappio si stringerà».

«Non ti capisco. Cosa vuoi da me?»

«Volevo solo conoscerti e capirti. E forse ci sono riuscito. È da casa del tuo vecchio che ti tengo d'occhio. Diavolo, da prima ancora! Hai fegato e stoffa, devi solo capirlo anche tu. Puoi diventare un vero capo, un giorno, se non ti lasci abbindolare. E se imparerai ad accorgerti dei sentimenti di chi ti sta intorno».

Daniel tirò su con il naso e guardò verso la bocca della spaccatura. Il terzetto costituito da Guzman, Pancracio

Manteca e Alfonso Curro parlava e fumava. Gli abiti da *charro* li rendevano simili a figure di un dipinto.

«Io però non capisco te. Ma sono certo che non mi piaci, non mi fido. E terrò gli occhi aperti».

«Perdiana, esatto! È proprio questo che devi fare, ragazzo».

«Non chiamarmi ragazzo».

L'americano rise ancora. Un suono sgradevole, gracchiante. Daniel gli voltò le spalle, raccolse la chitarra, se la mise a tracolla e si incamminò verso il sentiero dove aveva visto sparire Valentina.

Il sentiero lo aveva portato fino alla sommità della collina e da lì poteva vedere Valentina che camminava curva nel deserto. Reggeva un rocchetto di cavo, che srotolava man mano che si avvicinava. Dietro di lei, a circa un centinaio di metri di distanza, il nastro metallico della ferrovia correva per il deserto come una linea di inchiostro su un foglio.

Di fianco ai binari si ergevano dei pali. In un punto, a sud, poco lontano, la ferrovia si biforcava. Nei pressi del bivio, la leva dello scambio emergeva dal terreno come una freccia conficcata.

Valentina si inginocchiò vicino a dei cespugli.

Daniel la raggiunse. All'ombra delle piante riposava la pesante borsa di tessuto rosso. E la cassa della dinamite, con ancora molti candelotti.

«È fatta, Daniel».

«Cosa?»

«Quello che mi ha chiesto il generale».

Valentina Azul si sollevò i capelli dal viso con un gesto veloce della testa. Il sudore le scendeva ai lati del volto, in gocce luminose che correvano verso il collo e dentro la camicetta.

«Domani mattina vedrai».

Il cavo che aveva in mano aveva l'estremità tagliata. Dalla cima spuntavano alcuni lunghi fili di rame. La *soldadera* li avvolse intorno a dei bulloni su una piccola scatola di legno che prese dalla cassa. In cima c'era una strana maniglia a "T".

«È un detonatore! Per la dinamite!»

Lei gli fece l'occhiolino.

«Sono brava, non te l'hanno detto? La migliore in quello che faccio, anche se, a volte, farlo non è gradevole».

«È così, allora? Facciamo saltare un treno?»

«Se il generale non ti ha detto niente, non vuole che tu lo sappia».

Daniel guardò l'orizzonte infuocato. La Sierra attendeva in silenzio, maestosa e tinta di azzurro per la distanza. Lente nuvole bianche vi si muovevano sopra, placide e pasciute come vacche al pascolo.

«Chi è l'obiettivo? Un uomo del presidente? Truppe dei *Federales*?»

«È strano, sai?» La ragazza ignorò le sue domande. «L'altra sera ero io che ti chiedevo informazioni, e tu non hai voluto darmele. Ti ho implorato di farmi venire con voi. Ma tu non mi hai dato retta. E adesso sei tu che chiedi a me. Strana la vita, vero?»

Poi si alzò in piedi e sistemò un cespuglio in modo che coprisse il detonatore.

«L'obiettivo è un treno, sì. Ma non vogliamo distruggerlo. Vogliamo prenderlo».

Così dicendo, Valentina Azul raccolse la borsa e cominciò a risalire il fianco della collina. Daniel rimase a guardarla, fino a quando il vento gli portò un cespuglio secco fin di fronte ai piedi. L'arbusto rimase un istante fermo, come a prenderlo in giro. Poi rotolò via nella sabbia, spinto da un vento che al ragazzo parve sussurrasse parole di scherno.

Cap. 6

PREGHIERE SU STRADE FERRATE

«Ero sicuro che il vecchio ci avrebbe strigliato!»

Chico aveva il mento sporco di sugo di fagioli e si passò la manica per pulirsi. Di fronte a lui, Luisito Barrana diede una manata sul tavolo.

«E avrebbe fatto bene! Che ti passa per la testa?»

Johanna vide il valletto masticare per qualche secondo, mentre sceglieva le prossime parole da dire. Intorno a loro c'era un vortice di musica, colori, voci come non ne aveva mai visti. Era una festa, data dai cittadini di Chamahuego per l'arrivo del treno. Uno spettacolo bellissimo.

«La *señorita* Johanna, qui, ha sale in zucca e buone idee. Ma al vecchio è piaciuto anche il suo spirito».

Johanna prese il bicchiere e fece finta di bere. Non era abituata a sentirsi al centro di una discussione.

Era a un tavolo di legno, vecchio e un po' malandato, seduta su una panca assieme a Chico. Su un'altra panca, dalla parte opposta, sedevano il grosso Luisito, che sembrava arrabbiarsi ogni volta che la guardava, e un piccolo uomo dai cortissimi capelli neri e dalle guance cadenti come un vecchio cane. Si chiamava Alvaro Ferraz ed era il controllore del treno. Alvaro le piaceva, le parlava con voce gentile.

Il tavolo si trovava sotto il grande patio di una fattoria e tutto intorno a loro la gente mangiava, parlava e si divertiva. La festa era cominciata quando il treno era giunto alla piccola stazione di Chamahuego, a due passi dalla fattoria. Era un paesino di una dozzina di case, ma a Johanna era sembrato che tutti i suoi abitanti, e anche i loro parenti da altri posti, fossero alla stazione in attesa. Il treno non si era ancora fermato, sferragliante e sbuffante, che una piccola orchestra aveva cominciato a suonare.

E da allora non aveva più smesso.

Il sindaco in persona, accompagnato dal prete del villaggio, era venuto a salutare l'arrivo dei vagoni e aveva abbracciato il capotreno come se fosse un fratello che non vedeva da tempo. Il capotreno, soprannominato "il vecchio", si chiamava De Domingo.

«Ah, non importa» riprese Chico. «Quello che conta è che il vecchio non si è arrabbiato».

«Ma un capotreno può...?» domandò Luisito. «Cioè, lui può...?»

Agitò la grossa mano verso Johanna.

«Secondo me ha fatto bene, dai» intervenne Alvaro. «Chi ha mai visto una bambina spedita come un sacco di patate, eh? Così è meglio».

Poco lontano, in un angolo della tettoia, si levò un clamore di urla e risate. Alvaro si alzò in piedi a guardare.

«Ehi, stanno giocando!» disse risedendosi. «Chi viene a farsi una partita?»

Gli altri non risposero e il controllore riprese a mangiare. Barrana fece un versaccio.

«Meglio valletto che lettera» disse poi. «Le mie lettere non se ne vanno in giro da sole».

«Non l'ho certo chiesto io» mormorò Johanna. Cominciava ad averne abbastanza di quella cena. E anche di quella festa. Voleva tornare da suo papà. Voleva rivedere la mamma.

Cominciò a sentire un formicolio agli occhi, lo stesso che sentiva sempre prima di…

Se li stropicciò.

«Ma adesso non sono più una lettera, no?» chiese ancora.

Il valletto ci pensò un istante.

«Be', no, lo sei ancora» disse. «Solo che… ecco, il capotreno ti ha nominata aiutante».

«Aiutante? E cosa significa?» Alvaro era spiazzato. «Aiutante di chi, poi?»

«Proprio così, aiutante» riprese il ragazzo. «Mi ha detto di darle una delle mie giacche. E che può aiutare me, voi, lui… tutti, insomma, finché dura il suo viaggio».

Alvaro scosse la testa.

«Incredibile».

Johanna guardò in giro. La gente di Chamahuego festeggiava, mangiava e ballava con i passeggeri. De Domingo, compito e misurato come un maggiordomo, era al tavolo con il sindaco, la *señora* Pilar e il prete del villaggio, che per il troppo vino ormai sonnecchiava. Fuori, la notte attendeva silenziosa. Sotto la sua coperta di stelle, il mondo sembrava scomparso.

Era stata una bella sorpresa ricevere la nomina ad aiutante del treno invece di una sgridata. De Domingo li aveva guardati severamente, ma quando Chico aveva spiegato quanto lei si annoiasse nel vagone postale aveva annuito. Il fatto che avesse corretto i documenti di carico e aiutato la signora Pilar aveva impressionato il capotreno.

«Cominciamo domani» disse Chico. «Questa sera, festa, vacanza, riposo. Finiamo di caricare l'acqua, due riparazioni e domattina si riparte. Ti chiamo io alle cinque e trenta, così controlliamo che i passeggeri siano tutti a posto».

«Ah... sì».

Jo si rese conto di avere di nuovo gli sguardi di tutti addosso.

«Cosa sono le piume che ho trovato questa mattina? Così lunghe e con quei colori, sono bellissime!» disse per scacciare l'imbarazzo.

I tre non risposero. Chico parve scoprire qualcosa di interessantissimo nel piatto e Alvaro si affrettò a versarsi da bere.

«Forse dovremmo davvero farci una partitina a carte, eh?» chiese poco convinto.

«Ho detto qualcosa che...»

Luisito Barrana la stava fissando. Aveva le sopracciglia che quasi si toccavano sopra il naso e un'espressione addolorata. Il labbro gli tremava.

«Oh...» si limitò a dire Jo.

«Non sono *niente*» disse Luisito.

«Certo, non volevo. È solo che...»

«No. *Non sono niente*».

Jo si sentì un grande peso addosso, l'omone sembrava sul punto di piangere.

«Scusami, non credevo. Non sapevo. Mi spiace...» mormorò lei.

Vide il valletto mettere una mano sulla spalla di Luisito e scuoterla con gentilezza.

Fu allora che al tavolo dietro di loro due uomini presero a litigare.

«Era qui, ti dico!» gridò un giovane ben vestito dalla barbetta curata.

«E io ti dico che non c'entro niente... gente di città! Tutti uguali!» A rispondere era stato un peone dalle spalle incurvate e con un brutto naso a patata.

«È l'orologio d'oro di mio padre, lo tengo sempre in questa tasca!» continuò il giovane, mostrando la tasca della giacca. Vuota. «Qualcuno deve averlo preso, perché l'avevo quando sono sceso dal treno».

Il contadino si alzò rumorosamente e, così facendo, urtò Luisito Barrana.

Mentre i due, ormai in piedi uno di fronte all'altro, si guardavano in cagnesco, Barrana decise di intervenire per placare gli animi. Li prese per la collottola e li fissò in faccia.

«Calma» si limitò a dire.

I due annuirono con forza.

Alvaro spostò rumorosamente la sedia e si alzò.

«Andrò a vedere se riesco a giocare qualche mano» disse.

«Io... Credo che farò un giro» annunciò Johanna a Chico. «Ho bisogno d'aria. Sì. Ecco, Un po' d'aria fresca».

In un attimo era andata via.

Il treno sostava sotto la torre dell'acqua. I vagoni si allungavano nella notte, con solo poche luci all'interno, ma era la locomotiva che attirava lo sguardo. Avvolta dal fumo, era una macchina enorme, da cui proveniva un brontolio costante. Jo le si avvicinò. Il muso era un grosso cilindro sdraiato sopra un carro. Grandi ruote di metallo nero, tubi e bracci per farle muovere, antiche cromature e fanali. Un fumaiolo svettava come una torre delle fiabe. La cabina aveva finestrelle aperte sul buio, come occhi sgranati. L'odore del carbone, del ferro e del fumo raggiungeva le narici come un aroma selvaggio. Animalesco. La macchina emetteva un basso brontolio, che a Jo parve il respiro di una bestia colossale.

Un sibilo, rumori metallici, poi un forte sbuffo di fumo bianco da sotto le ruote, e uno sgocciolio.

«Salute!» disse Jo a bassa voce.

La locomotiva parve rispondere con un gorgoglio di acqua e alcuni piccoli sbuffi. Da qualche parte provennero altri leggeri colpi, metallo contro metallo.

«È un lungo viaggio, vero?» disse ancora Jo.

La locomotiva non le rispose. Ma i suoni parvero fermarsi.

Solo il brontolio continuava e, ogni tanto, si alzavano deboli sbuffi di vapore.

«Ti senti solo, signor treno?» Le piaceva parlare così, far finta che anche le cose avessero una vita propria.

Un altro gorgoglio, un altro sbuffo di fumo.

«Non stai bene? Mi dispiace... poverino».

«Poverina, vorrai dire» disse una voce maschile da qualche parte sopra di lei. Per poco, Johanna non cadde per terra. Sopra la sponda della cabina era comparso un uomo, che la guardava sorridendo. Aveva il viso scuro e gli occhi e i denti rilucevano chiari.

«Questa locomotiva è una signora!» le disse lo sconosciuto.

«Davvero? Credevo fosse un maschio».

«Oh, no... la mia Rosa è una signora. Una gran signora! Tu chi sei?»

«Io sono Jo».

«Sei una passeggera?»

«Non proprio. Sono una lettera, ho anche i francobolli. Ma non mi piace stare ferma. Rosa, hai detto! Quella Rosa!»

L'uomo rise.

«Ti hanno già parlato di lei, allora?»

Jo lo vide muoversi nella cabina, raggiungere un'apertura con una scaletta e scendere, dandole le spalle. Non era molto alto, ma aveva spalle larghe. Alla luce delle stelle sembrava avere il viso nero di fuliggine. Indossava una tuta scura e aveva uno straccio, con cui si pulì le mani.

«Questa sembra una storia interessante. Non ho mai incontrato una lettera che mi parlasse a voce. Ho sempre dovuto leggerle io... Forse dovrei essere emozionato: le lettere hanno sempre una magia, lo sai?»

«Che tipo di magia? Io non ne so fare...»

«Oh, le lettere portano i pensieri di chi le manda. E non solo quelli. Come quando scrivi al tuo innamorato, hai presente?»

Jo si sentì arrossire. «Io non ho un innamorato» disse.

L'altro rise dolcemente.

«Ma se tu lo avessi, se gli scrivessi una lettera, lui sentirebbe la tua voce leggendo le tue parole. E il tuo pensiero arriverebbe a lui. E con quello, il tuo amore. Sarebbe un po' come stare con lui, no?»

«Sì, credo di sì. È una cosa bella».

«E quindi significa che tu porti con te il pensiero e l'amore di chi ti ha spedita».

Johanna pensò al papà e le venne in mente il suo sorriso, la stretta delle sue braccia, la sua voce rassicurante.

«E non solo, voi lettere fate anche un'altra magia: cambiate per sempre chi vi riceve, lo trasformate».

«In che senso?»

«Be', dopo che hai ricevuto una lettera, non sei più quello di prima. Sai cose nuove, le lettere ti cambiano!»

Johanna scosse la testa, meravigliata. L'uomo era divertente e gentile, anche se da lui sembrava provenire una grande forza.

«Hai ragione e dici cose molto belle. Guarda, sono stata spedita, vedi?» gli indicò i francobolli azzurri e rosa sul proprio petto. «Ma adesso non sono più solo una lettera. Il capotreno mi ha nominata aiutante. Aiutante del treno».

L'uomo si batté una mano sulla coscia.

«Adesso ho capito chi sei! De Domingo me ne ha parlato! La nuova aiutante, vero? Una bella lettera con la voce di ragazza... e ora il vecchio De Domingo ha fatto lui una magia e ti ha trasformata. È proprio un viaggio magico, il tuo, vero? Vieni, allora, aiutante! La mia vecchia Rosa e io siamo nei guai. Sali».

L'uomo si issò per primo sulla scaletta e poi aiutò Johanna, che si ritrovò in un piccolo spazio, poco più di un balconcino dalle pareti di metallo nero. Era la cabina della locomotiva. Davanti a lei, nella bocca spalancata di un forno, ardeva basso e sonnolento un piccolo fuoco di braci. C'era una grata, là dentro, e tanti pezzi di carbone rovente. Sopra e intorno alla bocca del forno c'erano leve, volantini, quadranti e comandi di vario tipo. Di fronte a due sedili fissati al pavimento erano appesi strumenti e attrezzi, ma molti altri erano per terra, su un panno di stoffa, di fronte a un pannello aperto che mostrava un intrico di tubi e tubicini.

«Eccoci qui, questo è il cuore di tutto, ma anche la sua testa. Questa è la mia Rosa» disse l'uomo, accarezzando una grande leva.

Jo si voltò per cogliere tutto con lo sguardo. Il bagliore rossastro del forno illuminava la cabina e le permise di vedere il resto. Giacche appese, le pareti laterali che arrivavano solo fino alle spalle di un uomo, due finestrelle lunghe e strette ai lati del grande forno e dietro di lei...

«Cos'è quello?»

«Si chiama tender. È un vagone speciale, su cui non ci vuole mai venire nessuno, ma senza il quale il treno non camminerebbe».

Il tender era uno strano carro di metallo, spoglio e non certo per un viaggio di piacere. Sembrava un deposito di carbone su ruote, con la forma di una scatola senza tetto. Portava anche grandi cassoni con la scritta "AGUA" e tubi arrotolati, pale, attrezzi di vario tipo. Nella parete di fronte si aprivano uno sportello e una porticina a soffietto.

«Ma c'è qualcuno, là sopra?»

Tra un cumulo di pietra nera e una parete di ferro scuro, vide un involto di coperte e, proprio mentre Jo guardava, il suo occupante si era tirato a sedere. Sembrava un uomo o un ragazzo, tutto scuro, ma nel cui volto si aprì un sorriso bianco e genuino. Fece "ciao" con la mano.

E Jo rispose allo stesso modo.

«Chi è?»

«Lui è Justin... Torna a dormire, Justin!» gridò quindi l'uomo. «Ripartiamo tra poche ore!»

L'uomo si inginocchiò e poi infilò la testa nel pannello aperto. «Mi passi quella pinza lì? Quella con il manico di gomma?»

Jo vide l'attrezzo, sul panno per terra, e fece come le era stato chiesto.

«Perché lui dorme mentre tu lavori?» domandò lanciando un'occhiata alla figura che si era rimessa sotto le coperte.

«Oh, perché lui lavora come un mulo tutto il giorno tutti i giorni... È grazie a lui, alle sue braccia, alle sue spalle e alla sua schiena che Rosa cammina e ci porta in giro».

Da dentro il pannello provennero rumori di metallo.

«È il nostro fuochista».

Jo non disse nulla. E rimase a guardare l'altro che lavorava.

«Tu non sai cosa sia un fuochista» riprese l'uomo mettendo fuori la testa giusto il tempo di posare la pinza e prendere un cacciavite.

«Be'... no».

«Sei mai salita su un treno?»

«Certo».

«E sai come funziona?»

Jo si morse un labbro.

«C'è la locomotiva, che fa fumo e tira le carrozze. Queste sono legate e si muovono sulle rotaie...»

«Sì, giusto. Ma come fa a fare il fumo, la locomotiva?»

Jo guardò il forno. All'interno vi ardeva del carbone e il calore e la luce le ricordavano le sere di Natale, davanti alla stufa, con i suoi genitori, a cantare o ad ascoltare una storia... Sentì un groppo alla gola.

«Te lo dico» disse l'uomo, che aveva scambiato il suo silenzio per incertezza. Le porse il cacciavite. «Mi passi di nuovo la pinza...? Ecco, grazie».

Tornò al lavoro e riprese a parlare.

«Sul tender c'è il carbone e c'è l'acqua. L'acqua entra nella grossa caldaia che occupa quasi tutto il corpo della mia Rosa». Una mano emerse dal pannello aperto per dare una pacca amichevole alle forme di metallo nero vicino al forno. «Il forno, qui, brucia il carbone e il calore fa bollire l'acqua...»

«L'acqua diventa fumo!» intervenne Jo.

«L'acqua diventa *vapore*» spiegò l'altro. «E il vapore ha una sua forza, che spinge dei pistoni, che fanno muovere dei bracci, che fanno girare le ruote. E la vecchia Rosa cammina così sulle rotaie da molti anni».

«Serve tanto carbone?»

«Tantissimo. E tanta acqua. Ecco perché Justin si riposa mentre io finisco di riparare qui. Per fortuna non deve spalarlo tutto in una volta, altrimenti passerebbe il tempo a dormire, e io a lavorare».

«Quanto ne serve? Di carbone, dico».

«Poco ma spesso. Questo è il motto degli spalatori, dalle nostre parti. Poco ma spesso. Diciamo... sei palate di carbone ogni due minuti circa».

«Ho capito» rispose Johanna, mentre con la mente faceva il calcolo di quante volte le spalle di Justin avrebbero dovuto sopportare lo sforzo in un giorno. Perse il conto intorno a duecentoquaranta.

«Ogni notte, lui si riposa e io riparo. Di giorno, lui spala, riempie, spacca i blocchi di carbone troppo grossi, sparge. Io guido... e riparo. Ogni volta che ci fermiamo, lui si occupa del rifornimento... e io riparo».

L'uomo chiuse il pannello e raccolse gli attrezzi.

Jo stava sorridendo.

«Ripari sempre! È in giro da tanto tempo, eh? Non ce la fa più questo vecchio treno?»

«Attenta a come parli, ragazzina» disse l'uomo con finta severità. «E poi, non sono gli anni, sono le miglia».

Depose gli attrezzi in un vano e fece cenno a Jo di appoggiarsi al parapetto. Da lì si vedeva il fianco della grande macchina: sembrava dormire. La notte profumava di ferro bagnato e carbone e risuonava di canti e risate. Nel patio, remoto sotto le stelle silenziose, la festa andava ancora avanti.

«La mia Rosa ha fatto molta strada e ogni tanto ha qualche acciacco...»

Si udì un suono di risucchio e poi, da sotto la caldaia, emerse un filo di fumo, come se la locomotiva avesse sbuffato. O sbadigliato.

«Fino a El Paso? E poi indietro, a Città del Messico?» domandò Jo.

L'altro annuì.

«Io scendo a El Paso».

«Lo so. De Domingo me l'ha detto».

«Mi chiamo Johanna Pearson».

L'uomo la guardò e sorrise.

«E tu? Non mi dici come ti chiami? Sono l'aiutante del treno, dovrei conoscere le persone che devo aiutare».

«Puoi chiamarmi come fanno tutti: Carbón».

«Carbón? Come "carbone"?»

«Proprio così. Di solito i macchinisti li chiamano "maestro", ma non mi è mai piaciuto, come soprannome. Preferisco Carbón, perché è di questo che sono fatto. E di fuoco e rotaie, e centinaia di miglia di polvere e vento».

Jo restò in silenzio, le parole di quell'uomo le facevano pensare al deserto e ai binari e a cieli senza fine.

«Non sono mai stata su una locomotiva, è difficile da guidare?»

«Vorresti imparare?»

«Posso? Mi insegnerai a diventare una macchinista?»

«No. Non prima di arrivare a El Paso, questo è certo. Ma posso insegnarti alcune cose, come regolare il vapore e controllare la velocità, tenerla al passo sui binari anche in salita e capire quando Rosa vuole altra acqua».

«Non è un nome strano per una macchina, Rosa? È il nome di un fiore...»

L'altro rise e il suono della sua allegria parve il rumore dei pistoni e dei bracci che fanno muovere un treno.

«Hai sentito? Un fiore!» disse rivolgendosi alla grande macchina scura.

Una corrente d'aria fece mormorare le braci nel forno.

«No, la mia Rosa non ha il nome di un fiore. È un diminutivo, messicano. Sta per Rosario».

«Rosario? Come la collana dei preti?»

«Proprio quella, Johanna Pearson. E se vuoi imparare a portare la mia Rosa, devi capire che il suo nome è ben meritato».

Carbón si avvicinò al forno e passò la mano sulla sua parete. C'erano delle lettere e dei numeri, a rilievo, nel metallo. "RO.54R10".

«Cos'è un treno?» le chiese l'uomo.

Jo ci pensò su un istante.

«Carrozze trainate da una locomotiva, vagoni che viaggiano sulle rotaie e trasportano persone».

Carbón fece cenno di sì con la testa.

«E pensa a quelle persone, Johanna. Vanno a casa. Dai loro cari, da chi amano. O vanno lontano, a tentare la sorte. Ognuno di loro è una storia, proprio come una piccola lettera, ma c'è di più, perché quando viaggi cominci un'avventura che ti cambia e quando arrivi non sei più come quando sei partito. E questo fa paura. E la gente, quando ha paura, prega. E ogni carrozza è piena di preghiere. Tutte in fila su questo treno».

«Come un rosario...» mormorò Jo, stupita.

«Proprio così» disse piano l'uomo. «In fila come un rosario. Sempre che io riesca a riparare questo manicotto del vapore, qui sotto, altrimenti un giorno o l'altro ci darà una bella sveglia a tutti».

Jo era nel suo lettino da alcune ore e non si era ancora addormentata. Troppa agitazione in quella giornata incredibile. Aveva stretto al petto Miss Petunia, senza però riceverne alcun conforto. Poteva sentire il basso russare di Luisito Barrana, in un angolo.

Carbón le aveva parlato a lungo, quella sera, e le parole rimbalzavano ancora nel silenzio del vagone, come fanno le voci che si sentono durante giornate faticose. Le aveva spiegato a cosa servivano alcune delle leve e dei comandi che aveva visto. L'indomani le avrebbe spiegato altro, così le aveva detto, le avrebbe fatto sentire la musica del vapore sbuffante.

Il viaggio ti cambia, furono le parole che risuonarono all'improvviso nei suoi pensieri. Si rigirò nel lettino, sentendo il sonno che veniva a prenderla.

La colpì un altro pensiero.

Io sarò sempre Johanna Pearson e sto andando dalla mamma. E ogni giorno che passa mi porta più vicina a rivedere anche il mio papà. Come un viaggio in treno, con le sue stazioni. Ogni fermata è un passo verso casa. E anche se questo viaggio mi cambia, sarò sempre io quando scenderò, ma con un po' più di polvere di carbone sui vestiti.

Gli occhi le si fecero pesanti e i pensieri confusi. Jo immaginò i vagoni che avanzano, in fila, uno dopo l'altro, come i grani sulla collana di una donna in chiesa.

Rosario, pensò ancora Jo ormai semiaddormentata. *Portami a casa, per favore.*

Nel suo lettino in coda al treno, con i francobolli sul petto e i capelli legati, Johanna smise definitivamente di pensare.

Sul suo viso stanco era sbocciato un sorriso.

Cap. 7

LA STRADA SPEZZATA E GLI SPERONI

L'indomani Jo si svegliò presto e quando Chico venne a chiamarla, la trovò di buon umore e pronta.

«Ti ho portato un paio di arance».

Lei le accettò con un sorriso, ne sbucciò una allungandone alcuni spicchi al ragazzo.

«Cosa si fa?»

«Oh, be',» rispose lui, con il mento lucido di succo «stiamo per arrivare ad Agua Nueva. Forse in prima classe sale qualcuno. Ci sarà movimento in seconda. La terza ha sempre gente che sale e che scende. Noi aiutiamo Alvaro, con i biglietti, se serve. E stiamo pronti con i passeggeri».

«Bene! Non vedo l'ora» disse lei finendo i suoi spicchi. Erano buonissimi.

Ad Agua Nueva il treno venne accolto con la consueta gioia. Si fermò per poco tempo, per far scendere alcuni passeggeri e prenderne a bordo altri. Poi ripartì, lasciando le case di mattoni di fango dietro di sé e puntando verso le montagne lontane del Nord.

Jo e Chico lavorarono con il controllore e poi si occuparono di alcuni viaggiatori della seconda classe. Dopo Agua Nueva raggiunsero Arespe, con i suoi grandi recinti per il bestiame e il ruscello argentato, ma qui non salì nessuno.

Il sole era ormai alto e Rosario marciava spedita. Chico e Johanna fecero una pausa, sulla predellina tra la prima e la seconda classe. Sedettero, con le spalle al metallo delle sbarre, a godersi l'aria e l'ombra tra i due vagoni, mentre intorno a loro il mondo era come un fiume color sabbia che correva veloce.

«Chico?»

«Uh?»

«Carbón... Come si chiama davvero?»

«Mi pare che il suo nome sia Carlos. O Marion. Non lo so. Forse lo sa Alvaro. O Luisito».

Jo rimase in silenzio un attimo.

«E senti, a proposito di Luisito... Non mi avete più detto niente di quelle piume».

Il ragazzo strabuzzò gli occhi.

«Non è il caso».

«Perché?»

«Perché Luisito ci rimarrebbe male».

Restarono in silenzio e la ragazzina lasciò che lo sguardo corresse sulle macchie in movimento e poi scivolasse pigro fino all'orizzonte. Era una linea gialla in cui comparivano creste di roccia rossa e cactus alti e spinosi.

«Sai cos'è un'*Amazona Farinosa*?»

Jo rise.

«No, cosa sarebbe?»

«Un pappagallo».

«E tu come fai a sapere che si chiama così?»

«Be', le piume sono sue. Mi ha detto Luisito come si chiama, l'ha letto in un libro. Era un'*Amazona Farinosa*. Bellissima. Un giorno, di tanto tempo fa, l'abbiamo caricata a bordo. Con la sua gabbia e tutte le sue cose. Ha fatto un lungo viaggio, da Vanegas a Veracruz. Peccato che una volta arrivati, nessuno è venuto a prenderla».

«Oh, no: è morta e Barrana si è tenuto le piume?»

Chico scosse la testa.

«Non è come pensi. Vedi, avremmo potuto lasciarla a Veracruz. E invece l'abbiamo tenuta a bordo. Be', è stato Luisito a deciderlo. In realtà non l'ha detto a nessuno, e il pappagallo è rimasto su. Era un pacco affidato al vagone postale, capisci? *Doveva* occuparsene».

Jo non riusciva a immaginare l'omone che sceglieva di tenere un pappagallo.

«Quando siamo ripartiti» continuò Chico «Luisito passava il tempo con l'uccello che, a un certo punto, ha cominciato a parlare. Non l'aveva mai fatto prima. Con Luisito, invece... fischi, gorgoglii e versetti. E poi parole. Parole vere, intendo, e anche frasi!».

«Gli ha insegnato a parlare?»

«Secondo me sapeva già farlo. Vedi, quando Luisito ha cominciato a occuparsi di lui... di lei, insomma, ha aperto le due casse di roba che viaggiavano con l'uccello. E ha trovato mangimi, attrezzi per pulire la gabbia e libri. E li ha letti. Erano libri sulle *Amazona Farinosa*. Parlavano della sua cura, della sua vita. E Luisito, che non credo avesse mai letto un libro prima, è diventato un vero esperto. È stato lui a dirci che il pappagallo si chiamava Dolores. Ma non chiedermi come abbia fatto a scoprirlo».

«Incredibile».

«Già. Ogni tanto, quando ci fermavamo, la faceva uscire, e lei volava per il vagone postale. E dormiva di fianco al letto di Luisito, con la testa sotto l'ala. 'Luisito!' diceva prima di addormentarsi. 'Luisito! Luisito!', la mattina, quando si svegliavano».

«E poi?»

Chico si guardò la punta delle scarpe.

«Un giorno, a Città del Messico, è venuta in stazione una *señorita*. Ci ha detto che stava cercando un pappagallo che era appartenuto a suo padre. Che doveva aver viaggiato sul nostro treno, qualche tempo prima. Il padre era morto e non aveva mandato nessuno a prendere Dolores. L'aveva fatto lei, appena possibile, una volta scoperto che la bestiola era ancora in giro. Il padre della ragazza era un ori... un orilologo».

«Un ornitologo?»

«Quello! Esatto. Dolores era un suo esemplare e la ragazza la voleva per completare i lavori del padre e...» Chico tirò su con il naso. «Non dimenticherò mai quel giorno. Faceva freddo, pensa. C'era vento e Dolores aveva tutte le piume arruffate. 'Luisito! Luisito!' faceva con quella sua voce. Batteva le ali e mordeva la gabbia con il becco. Aveva gli occhi grandi e neri e... secondo te gli uccelli piangono?»

Jo non lo sapeva e non riuscì a trovare le parole per dirlo.

«Ha pianto Luisito, per lei. Ma a tutti ha detto che era la sabbia che il vento gli aveva tirato negli occhi».

Il valletto fece un gran sospirone.

«Be', non ho mai visto Luisito tanto triste. Si era affezionato, capisci? Per lui era diventata una cosa importante e all'improvviso non c'era più. Era intrattabile, non parlava con nessuno. Poi, un giorno, ho trovato alcune piume del pappagallo, sotto una cassa. E gliele ho mostrate. Ne ha fatto un mazzetto e da allora lo tiene con sé».

«Oh...» disse Jo. «È una storia molto triste».

«Sì, è così».

«Era bella?»

«Sì. Con dei riccioli neri e occhi come stelle. E un neo vicino alla bocca...» Chico non finì la frase: Jo stava ridendo.

«Ma no, Dolores!»

«Ah... aspetta...»

Il valletto estrasse dalla tasca un quadernetto legato con un elastico e lo aprì. Sfogliò rapido alcune pagine che Jo vide coperte da disegni rossi. A un certo punto trovò quello che cercava e glielo mostrò.

La doppia pagina ospitava dei ritratti meravigliosi di un grosso pappagallo. Aveva occhi neri e vispi, un becco curvo e una bella testa tonda. Il disegno era splendido, a Jo parve che l'uccello potesse spiccare il volo da un momento all'altro.

«È bellissimo! L'hai fatto tu?»

«Be', non è niente». Il ragazzo prese a deglutire a vuoto. Era rosso come un peperone.

«Sono disegni tuoi? La matita è rossa, sei tu che li fai, vero? Fa' vedere!»

Jo prese il quaderno e lo sfogliò con attenzione.

«Ma no, non sono niente...»

Su una doppia pagina un ritratto di Luisito lo raffigurava mentre dormiva con la guancia sulla mano. Di fianco a lui, il pappagallo lo guardava. Su un'altra pagina il capotreno puliva il monocolo: il volto magro che lo faceva assomigliare a uno zio gentile. In un angolo di una pagina piena di schizzi di quadranti e leve c'era Carbón che mangiava una pannocchia. E poi Johanna vide Justin, Alvaro, e donne, uomini, bambini che non aveva mai conosciuto. E poi case, mucche, fiumi, un'aquila e un avvoltoio, una pistola, una scodella di minestra...

«Chico, sono bellissimi!»

Il valletto arrossì fino alla punta delle orecchie.

«Vorrei fare il disegnatore. L'artista. Ma come si fa? Non ci si mangia mica, no? Almeno questo è un lavoro sicuro». Il ragazzo prese dalla tasca una matita rossa e un temperino. Lo aprì e fece la punta alla matita.

Il fischio di Rosario li interruppe.

«Forse dovrei stare a Città del Messico e cercare un lavoro per un giornale. O una scuola... ma è difficile, no?»

«Magari in Texas?»

L'espressione sul viso di Chico le tolse la voglia di continuare a parlare.

«Già, in Texas. Come no». Diede alcuni colpi di lama alla matita, facendo volare piccoli ventagli di legno chiaro. «E tu?»

«Io cosa?»

«Be', io ti ho detto cosa mi piacerebbe fare. Ma tu? Sai già cosa vorresti fare da grande?»

Johanna abbassò lo sguardo sulle proprie mani. La destra era sporca, c'era un segno nero di carbone subito sotto il pollice. Cominciò a sfregarselo.

«No, non lo so».

«Capisco» disse il ragazzo. «Be', immagino che ti verrà in mente, prima o poi, eh? Forse potresti fare quello che fa tuo padre».

«Già». Il segno non veniva via. Johanna ci sputò sopra. «Lui costruisce ferrovie. Le progetta e segue i lavori. Ma non so se è questo che voglio fare».

Il valletto mise via temperino e matita.

«Non ci ho mai pensato davvero. Una volta, credo, volevo fare la maestra. Ma adesso... la verità è che voglio solo arrivare da mia mamma. E poi aspettare papà».

«Be', stiamo per fermarci» annunciò il ragazzo, ora serio e pratico. «Il vecchio aveva detto che a metà mattina avresti potuto continuare il viaggio con Carbón, se ti fa piacere».

«Va bene» rispose Johanna, che non sapeva più cos'altro dire.

Johanna, con la sua giacca da aiutante, raggiunse la motrice e Justin la fece salire con un sorriso. Carbón lavorava al pannello aperto in cui Jo l'aveva visto trafficare durante la notte.

L'aiutò per un po', passandogli gli attrezzi senza dire una parola.

Quando l'uomo fu soddisfatto delle riparazioni, la ringraziò, chiuse lo sportello e parlò con Justin. Il fuochista lanciò carbone nel forno, con un movimento sapiente del polso che spargeva il minerale sulla griglia, senza farlo addensare in un punto o in un altro.

«La pressione è buona e forse quel manicotto resisterà un altro po'. Forse» disse il macchinista mostrando a Jo un indicatore. Azionò delle leve, un volantino, qualche altro comando. Si sporse e fece un segno con il braccio al capotreno.

Il fischietto di De Domingo si fece sentire.

«Possiamo andare. Vuoi suonare il fischio?» le chiese.

Lei tirò una cordicella e il fischio di Rosario si alzò nell'aria di mezzogiorno con forza. Fu bellissimo. Poi, con muggiti e cigolii, la vecchia locomotiva si rimise in cammino.

Massicci pistoni si mossero nella sua pancia di ferro. Sbuffi uscirono da sotto il telaio e i bracci presero ad andare avanti e indietro, in alto e in basso, facendo muovere le grandi ruote.

Lasciarono Arespe immersi in una nuvola grigia e spessa

che sapeva di fuliggine e ferro. Era un fumo caldo, denso, che rendeva difficile respirare.

«Vieni, tira questa leva» le disse il macchinista.

Jo obbedì e sentì la vibrazione sotto i piedi cambiare e diventare più forte. Carbón girò un volantino, azionò un altro comando e le indicò una strana manopola su una barra.

«Alza questa, piano piano, e prenderemo velocità».

La ragazzina mise la mano sul comando, poi sollevò la leva. Rosario rispose con un gemito di metallo. Carbón diede fiato al fischio, una volta breve e una più lunga...

UUUH-UUUH!

E la vecchia motrice accelerò, tra sbuffi rapidi di vapore chiaro e una danza di piccoli scossoni. Il treno filava che era una bellezza.

Justin era appoggiato alla balaustra e guardava soddisfatto. Annuì a Johanna e poi a Carbón.

«Oggi la mia Rosa è contenta» annunciò il macchinista. Aveva le mani in tasca, la testa sollevata a guardare il soffitto di metallo e un largo sorriso. «Le fa bene, la tua presenza. Ci voleva aria nuova su queste vecchie ossa».

La ragazzina passò una mano sul dorso metallico della caldaia. Era calda e vibrava, sembrava di toccare la pancia di un toro.

«Mi piace...» disse a Carbón. «Mi piace, Rosario».

«Vieni, è il momento della parte migliore: godersi il viaggio. Così magari ti toglierai quell'espressione triste dalla faccia, eh?»

Regolò l'altezza di uno sgabello fissato al pavimento e vi fece salire Johanna. Con un braccio poteva appoggiarsi alla balaustra laterale e, quindi, sporgersi un poco per guardare davanti al muso della locomotiva.

Il fumo usciva sbuffando dal comignolo. La forza e la velocità di Rosario erano impressionanti, inebrianti. Le ruote scivolavano sui binari e il movimento ritmico dei bracci aveva qualcosa di antico, di primordiale. E di magico.

Correvano da quasi un'ora e il deserto era un mare di segni ocra, rocce nere e cespugli. L'aria sapeva di polvere bruciata e ferro vivo, un odore che Jo, ne era sicura, non avrebbe dimenticato mai.

Se mi vedessi ora, papà!, pensò, lo sguardo sulla strada ferrata. *Non sono più una lettera spedita, guardami!*

Si udì un secco rumore metallico e la cabina venne invasa da una nuvola di vapore.

Johanna lanciò un grido. Non si era scottata, ma si era spaventata.

«Il manicotto!» disse Carbón. «È saltato ancora!»

Lui e Justin si precipitarono su un tubo che correva a livello del terreno e ci lavorarono per alcuni secondi. Il vapore si diradò e Johanna inspirò l'aria del mattino.

«Ecco, questo dovrebbe andare» disse il macchinista, rialzandosi.

Lui e il fuochista avevano avvolto uno straccio intorno al tubo.

«Reggerà?» chiese la ragazzina dubbiosa.

«Sì, almeno per un po'. Devo sempre sistemare quel manicotto, ma la mia Rosa ha un po' di acciacchi, come tutte le signore di una certa età».

La frase la fece sorridere.

«Lo vedi tutto quel fumo grigio e nero che lancia in aria come se volesse coprire il cielo? Non dovrebbe essere così».

Johanna si sporse e guardò la ciminiera e le volute di fumo, ora scuro e pesante, che ne uscivano.

«Se la mia Rosa fosse una signorina ai suoi primi viaggi, tutto quel fumaccio sarebbe grigio chiaro, a volte bianco, proprio come il respiro di una fanciulla nelle vostre terre fredde. In Ontario o nel Montana. Ci sono stato, sai, nel Montana? Che freddo! E là, sì che ti esce il fumo bianco dalla bocca, quando respiri».

Lei invece non era mai stata nel Montana. Non era mai stata più a nord di Houston, a dirla tutta.

«E non c'è un dottore per i vecchi draghi?» domandò ridacchiando. «Dovrebbe esserci. Esistono dottori per tutte le creature».

Il macchinista si tolse il berretto e lo tenne con entrambe le mani. Guardò il portello del forno, i comandi, il tetto della cabina di guida e poi Johanna.

«Ha avuto la sua dose di riparazioni e cure, la mia Rosa. Questo potrebbe essere l'ultimo viaggio per lei. O il penultimo, se me la lasceranno portare ad Atacama, quando avremo finito».

«Atacama?» chiese Johanna, che non aveva mai sentito quel nome.

«Atacama» disse Justin, riappendendo la pala del carbone.

Il macchinista si rimise il cappello e guardò il fuochista. Annuirono entrambi e Carbón si strinse nelle spalle.

«Già, Atacama. Se ci arriveremo».

«Dove si trova? Non l'ho mai sentita...» chiese Jo.

L'altro non rispose.

«Siamo quasi allo scambio per Gamela» annunciò invece. «Meglio rallentare. Johanna, mano sulla leva... quella, esatto. Vai, abbassa piano».

Carbón le aveva spiegato che in certi punti era importante rallentare, altrimenti la velocità avrebbe fatto perdere aderenza alle ruote e si rischiava grosso.

Obbedì, anche se avrebbe voluto sapere qualcosa su Atacama. Sentì la potenza di Rosario calare. Le grandi ruote passarono sui punti di giunzione dello scambio: la ferrovia si biforcava e un ramo dei binari compiva un'ampia curva verso ovest. Jo vide, a destra, una piattaforma di legno nei pressi delle rotaie, con una grande leva leggermente ricurva, quasi un paletto.

«Ecco fatto, bene così» commentò il macchinista.

Justin si avvicinò al forno e poi allungò un braccio e puntò un dito, davanti al treno.

Là, lungo la ferrovia, un fungo di fumo ribollente si stava alzando da terra, trasformandosi in una colonna nera che cresceva a vista d'occhio.

Alcuni piccoli oggetti erano stati lanciati per aria e ora piovevano nel deserto, tutt'intorno ai binari. *Pliing! Tiiing! Tennng!* A ricadere erano pezzi di binari e traversine.

«Ferma, ferma tutto!» ordinò Carbón. «Hanno fatto saltare le rotaie, dobbiamo frenare!»

Il fumo si stava diradando, era ora una specie di ombrello che saliva verso il cielo. Ma a terra, dove c'erano i binari, si vedeva un punto di deserto annerito. Le barre di metallo delle rotaie erano spezzate e ritorte. Le traversine erano disintegrate.

Il treno era fermo nel deserto, non lontano dalle rotaie interrotte. Sbuffava come un drago affannato dopo la corsa. Una collina rocciosa bloccava l'orizzonte.

Molti passeggeri erano affacciati ai finestrini, alcuni gridavano chiedendo cosa fosse accaduto. Chico e De Domingo raggiunsero la motrice.

«Che succede?» chiese il capotreno.

«Non ne sono sicuro, ma temo il peggio» rispose Carbón. «Qualcuno ha fatto saltare le rotaie».

Jo vide De Domingo che si toglieva il monocolo e lo puliva con un fazzoletto.

«Possiamo ripararle, secondo te?»

Il macchinista fece cenno di no.

Fu a quel punto che nell'aria risuonarono le grida e gli spari.

Jo si affacciò al parapetto e vide una decina di uomini a

cavallo e un carro che correvano verso il treno. Stavano sparando per aria.

Qualcuno, lungo il treno, gridò.

«Banditi!» esclamò Chico. «Cosa facciamo?»

De Domingo, immobile, li guardò per un istante.

«Nessuno faccia nulla» ordinò. «Chico, il tuo cappello. Johanna, scendi».

Lei obbedì, il cuore in gola per l'emozione e la bocca secca come un pezzo di legno.

«Non dire niente» le ordinò il capotreno, serissimo e teso. «Fai quello che ti dico io. Non parlare, non guardare nessuno».

Le sistemò i codini sotto il cappello e glielo calcò in testa. Poi le allacciò la giacca fin sotto il mento.

«Ma cosa succede?» mormorò lei sempre più preoccupata.

De Domingo la guardò in viso.

«Non lo so. Ma ricordati che tuo padre ti ha spedita per non farti trovare. Ci sono persone che vorrebbero che tu non facessi questo viaggio. Potrebbero anche essere loro. Non dire a nessuno chi sei. Non parlare se non ti chiedono qualcosa. E anche a quel punto parla il meno possibile. Non farti notare. Sono stato chiaro?»

Il capotreno attese che lei annuisse, poi si allontanò dalla motrice. Si voltò verso il treno e alzò entrambe le mani.

«Tutti fermi, non reagite!» gridò rivolto ai vagoni.

Fissò gli uomini a cavallo, ormai a pochi metri di distanza.

Chico era al suo fianco, con le braccia alzate. E Johanna lo imitò.

La compagnia a cavallo era incredibile, terribile e magnifica allo stesso tempo. Li guidava un uomo corpulento, dalle spalle larghe e il volto rotondo, con due folti baffi. Era vestito di nero, con bandoliere di proiettili sulla giacca da mandriano e un sombrero bianco. Al suo fianco c'era un vecchio messicano, asciutto come una bisaccia di cuoio e con i baffi color del ferro. Con loro c'erano uomini di ogni tipo: volti rapaci e dallo sguardo duro, ma anche visi belli e giovani, baffi folti e menti ispidi, spalle muscolose e abiti polverosi. Sul carro, un ragazzo e una ragazza a cassetta e, dietro di loro, una figura avvolta in una coperta.

Il tipo con il sombrero bianco volteggiò giù dalla sella prima che il cavallo fosse fermo. Agilissimo, come se avesse cavalcato per tutta la vita. Alzò una mano verso i suoi.

«Via le armi! Che nessuno spari un colpo» la sua voce era forte.

«Ci arrendiamo» annunciò De Domingo.

L'altro sorrise, divertito.

«Grazie. Ci speravo, in effetti. Mi dispiace per l'inconveniente».

«Inconveniente?» chiese ancora il capotreno. «Avete distrutto i binari».

L'omone fece spallucce.

«Avevamo bisogno di salire sul treno, amico mio».

«Potevate comperare dei biglietti, come fanno tutti.

Oppure le sarebbe bastato firmare un ordine, se non mi sbaglio».

Il capo dei nuovi arrivati rise di cuore e fece qualche passo in avanti. *Tlin tlin,* facevano gli speroni ai suoi stivali.

«No. Non era possibile. Non volevamo fare notizia».

A De Domingo cadde il monocolo, che rimase appeso per la catenella.

«Abbassate le braccia, vi prego» disse ancora l'uomo con il sombrero bianco.

Il capotreno parve rilassarsi. E si rimise il monocolo. Jo e Chico abbassarono le braccia.

«Sai chi sono?»

De Domingo annuì senza scomporsi.

«*Muy bien*. Viaggeremo sul vostro treno. Io e i miei compagni».

«Abbiamo scelta?»

«No, in effetti, ma non la metterei in questi termini. Fai finta che siamo saliti all'ultima stazione».

L'uomo fece un cenno e quello magro con i baffi lunghi si mise a gridare ordini, poi si sporse da cavallo e sputò nella polvere. I soldati smontarono e presero le proprie cose. Un altro radunò i cavalli e li legò al carro. Il ragazzo e la ragazza aiutarono la figura avvolta nella coperta a scendere. Sembrava anziano, con i capelli lunghi e bianchi e un volto tirato.

«A noi basteranno delle panche per sedere, ma lui...» l'uomo con il sombrero fece un cenno con la testa «lui no, lui ha bisogno di uno scompartimento. Pagheremo, ovviamente».

«Ovviamente».

«Avete uno scompartimento libero?»

«Sì, in prima classe. C'è un problema, però» disse il capotreno. «Non possiamo proseguire verso Monterey».

L'altro mise un grosso braccio intorno alle spalle di De Domingo e lo fece voltare.

«Basterà tornare indietro, amico mio» gli disse. «Azioniamo lo scambio e poi si riparte. Saltiamo Monterey, andiamo direttamente al paese dopo... Trevino, giusto?»

«Mmh...» si limitò a mormorare il capotreno.

«Sì, è Trevino» confermò l'uomo con i baffi grigi. Terminò la frase sputando di nuovo.

«Ecco. E poi riprenderemo. Questo treno va a El Paso».

Non era una domanda. Jo deglutì a vuoto e si irrigidì. Lo sconosciuto la guardò in viso, per un istante, poi tornò a rivolgersi a De Domingo.

«C'è una piccola stazione di rifornimento appena prima del confine, in vista di El Paso. Si chiama Esperanza. Scenderemo là. Non ti daremo problemi. Non ne daremo a nessuno».

«Speriamo di non incontrare un altro treno che viaggi in senso contrario. Operare nelle ferrovie non è banale, tutto deve essere concordato e controllato al secondo!»

«Amico mio,» rispose Villa «so benissimo che dopo gli scontri dei mesi scorsi questo è il primo viaggio verso nord, dalla capitale. E ti ringrazio per la tua lezione sulle ferrovie, ma so bene come funzionano. A Pancho Villa piacciono, i treni. Gli piacciono tanto».

Johanna vide De Domingo irrigidirsi. Anche lei, che pur non si interessava di politica, aveva sentito delle imprese di Villa e del suo Treno di Troia. Aveva vinto un'importante battaglia prendendo un treno, riempiendolo di esplosivo e uomini e lanciandolo contro un fortino di nemici. E poi c'erano le molte rapine ai convogli che aveva condotto e le battaglie che aveva vinto spostando gli uomini su vagoni merci.

Lasciò il capotreno e camminò in mezzo ai due ragazzi. Con una mano scompigliò i capelli di Chico, con l'altra diede una pacca sulla spalla di Jo.

«Sentitemi bene, brava gente!» gridò alle decine di viaggiatori affacciati. «Io sono il generale Francisco Villa, comandante della Divisione del Nord, governatore di Chihuahua. Requisisco il treno in nome del popolo!»

Un mormorio eccitato, qualche grido di protesta, molti altri di gioia e sorpresa.

«Villa! Viva Villa!» urlò qualcuno.

«Il Centauro del Nord! Viva il generale!» esclamò qualcun altro, e anche: «Viva la *Revolución*!».

Il generale alzò entrambe le braccia.

«Mi dispiace tanto, amici. Non potevamo fare altrimenti, Pancho Villa ha bisogno di viaggiare sul vostro bel treno. Chi deve scendere a Monterey scenderà a Trevino, assieme a chiunque altro voglia lasciare il treno. E pagherò di tasca mia tutti quelli che lo vorranno, per il disturbo e per un nuovo biglietto!»

Qualcuno applaudì.

«Grazie, brava gente. Siamo vostri fratelli, lottiamo per voi e per il nostro Messico. Non vi daremo disturbo, vedrete».

Pancho Villa si voltò verso il capotreno.

«Ecco fatto, hai visto? Ora possiamo partire?»

«Immagino di sì, generale».

De Domingo si voltò verso la motrice.

«Indietro fin oltre lo scambio!» ordinò.

«Ah, un'altra cosa» disse Villa. «Al mio *amigo* servirà qualcuno che l'aiuti, che si occupi di lui».

Un brivido corse lungo la schiena di Johanna.

«Quello con il cappello...» gracchiò una voce. Era dell'uomo con la coperta. Aveva un piede su un gradino e stava per salire sul treno.

Jo vide che la stava guardando con occhi accesi come quelli di un gatto in caccia.

«Quello lì, sì» disse puntandole un dito contro. «Ha la faccia più sveglia dell'altro, non voglio dover ripetere le cose due volte. Lui andrà benissimo».

Pancho Villa batté insieme le grosse mani e le strofinò tra loro.

«*Muy bien*, allora! Come si dice in questi casi? Tutti in carrozza!»

Cap. 8

MACCHINISTA E CAMERIERE

Jo aprì la porta con la chiave che le aveva dato Chico, mentre da fuori risuonava il fischietto di De Domingo. Il fischio della motrice gli fece eco.

«Ecco qui».

Non sapeva cosa aspettarsi e cosa dire, così attese di guardare l'interno prima di parlare. Lo scompartimento di prima classe era una piccola stanza con due vani. C'era un ampio finestrino, con un tavolino e due sedili, una panca di legno contro una parete e, dall'altra parte, un piccolo letto che diventava divano, un armadietto e un sedile imbottito. Una porticina si apriva su un piccolo bagno. Bacinella e brocca per l'acqua erano su uno sgabello.

«Là c'è il tavolo. Lì, la... ehm... la panca» illustrò Johanna cercando di fare esattamente come aveva visto fare a Chico. «Quello è il letto».

«Hai anche intenzione di lasciarmi entrare?» domandò secco l'uomo. Da vicino parve un americano. La ragazza con la camicia bianca rise e mise una mano sulla spalla di Jo, rimasta ferma sulla soglia, impedendo ai tre di passare.

«Oh, sì, chiedo scusa».

Si spostò subito di lato, urtando la porta. Il treno prese a muoversi, lentamente ma con forza, all'indietro. Il movimento delle carrozze, diverso da quello in avanti a cui era abituata, la colse di sorpresa. Perse l'equilibrio.

Urtò l'altro stipite e poi finì addosso al vecchio americano, che gemette. La mano della ragazza la sorresse.

«Ah, ecco, mi spiace...»

«Ehi, tutto a posto?» domandò la giovane con fare gentile.

«S-sì, scusate. Scusate tanto».

Il terzetto entrò barcollando e subito lo spazio parve strettissimo. Il giovane soldato depose una borsa di pelle e un sacco sopra il tavolo, mentre l'americano sedeva sul letto.

«Ah, finalmente» gemette.

Jo arretrò fino allo sgabello con la bacinella, in cerca di spazio. Il treno ebbe uno scossone improvviso che la colse di nuovo di sorpresa. Con la schiena toccò la brocca che per poco non cadde. L'afferrò con entrambe le mani.

«Sì. Andrà benissimo» gracchiò l'americano. Si tolse di dosso la coperta e slacciò il cravattino.

«Serve qualcosa?» chiese la *soldadera*.

L'altro scosse la testa.

«Va bene. Allora noi andiamo. Mandaci a chiamare se hai bisogno».

Il vecchio sbuffò.

Il giovane uscì, la ragazza gli fu dietro. Jo ripose la brocca e si affrettò a seguirli. Si sentiva scottare: ora capiva perché

Chico arrossiva sempre. Prese la maniglia della porta per tirarsela dietro e chiudere.

«No».

La ragazzina si paralizzò. «Come?»

«Ho detto di no. Resta qui».

Jo si sentì un peso sulle spalle. Dov'erano tutti? Com'era possibile che l'avessero lasciata sola con quello strano uomo?

«Come ti chiami?»

Lei esitò, ricordandosi le parole del capotreno.

Questa gente può essere con Moroza e con chi vuole fare del male a papà?

Ebbe un'idea e rispose: «Juan».

«Juan» l'altro parve masticare il nome. Alzò un sopracciglio. «Non sembri messicano».

«Mia mamma è americana» disse lei prontamente.

«Ah. Di dove?»

«Mooresong».

«E dove sarebbe?»

«Appena fuori El Paso».

«Ah. Ci sei stato?»

«Sì, certo» disse Johanna. Poi si corresse: «No. Cioè, quando... da piccolo, ecco».

L'altro sbuffò ancora.

«E tuo padre?»

«Città del Messico».

«Un contadino?»

«No, lavora per le ferrovie».

Il vecchio la guardò come se non le credesse. Poi appoggiò la schiena all'imbottitura della parete.

«Bene, Juan» disse a occhi chiusi. «Adesso vediamo se hai la stoffa per lavorare per me. Ti farò qualche domanda, voglio che tu risponda con la prima cosa che ti viene in mente. Intesi?»

Johanna spalancò gli occhi.

«Sì, va bene».

«La capitale del Messico».

«Be', ecco, Città del Messico».

«Finiscila subito con quel "Be', ecco", altrimenti non andremo da nessuna parte».

La ragazzina deglutì a vuoto, si sentiva le mani sudate.

«Perché il sole tramonta?»

«Perché la Terra gira».

L'altro non fece una piega e continuò.

«Pesa di più un messicano da cento libbre o un americano da cento libbre?»

«Sono uguali».

«Di che colore è il falco sulla vostra bandiera?»

«Marrone, ma è un'aquila, a dirla tutta».

«Molto bene, sei un tipo sveglio. Per questo viaggio potrai andare bene. Nonostante tutto».

Lei si sentì le ginocchia improvvisamente deboli.

Cosa vuol dire questo interrogatorio?

«Portami quella borsa, vuoi?» disse a quel punto l'uomo, con voce improvvisamente gentile.

Jo obbedì. Era una borsa da viaggio, grande e voluminosa, piena zeppa di cose, tanto che pareva che le cuciture stessero per scoppiare. La sollevò per le maniglie di legno intarsiate e rimase colpita dalla bella serratura d'ottone.

L'uomo prese una piccola chiave dalla tasca e fece scattare la serratura. Tirò fuori alcuni oggetti. Un vecchio orologio, un taccuino, un fazzoletto. Poi una bottiglietta di vetro scuro, da cui svitò il tappo e bevve un lungo sorso. Profumava di medicinale.

«È malato?»

Jo si morse la lingua. L'uomo l'aveva fissata con uno sguardo infastidito.

«Non sono affari tuoi» le rispose. «Non ti hanno insegnato a dire "*señor*" alla fine di ogni frase, ragazzo?»

Che errore!, si rimproverò.

«Sì, *señor*. Mi scusi... È la prima volta che vedo i rivoluzionari sul treno».

«Sono uomini come tutti. Come tutti si affannano dietro un sogno. E quando stanno per afferrarlo, gli sfugge tra le dita. Infila loro un proiettile in pancia e sanguinano. Come chiunque altro».

Jo rimase colpita dalle sue parole, ma non disse nulla.

L'americano estrasse un portafoglio e prese alcune banconote.

«Questo treno si fermerà in tutte le stazioni, giusto?»

«Sì, *señor*». Stavolta rispondere era facile. L'aveva sentito dire più volte da Chico e si ricordava anche la sequenza delle città. «Trevino, Saucela, Gamela...»

«Sì, sì, non mi interessa. Prendi questi».

L'uomo le mise in mano le banconote. Erano quattro, da cinque dollari americani ciascuna.

«A ogni fermata, mi comprerai frutta, formaggio e pane fresco. E me li porterai. Se ci fermiamo di sera, portami una tazza di minestra. Comprala da chi vuoi, ma che sia calda. Se ci fermiamo di giorno, invece, non serve. E un'altra cosa...»

Dalla borsa estrasse una tazza di metallo e una bottiglia di vetro. Dentro c'era del liquido ambrato. Tolse il tappo e il forte aroma di liquore riempì lo scompartimento.

«Whisky. Lo conosci?» Vuotò il liquido nella tazza, poi diede la bottiglia a Jo.

Lei annuì.

«Voglio una bottiglia sempre con me. Alla prossima fermata me ne comprerai una. Non mi importa dove: un saloon, una cantina, la casa di qualcuno, fai tu. Ma deve essercene sempre. Se lo trovi americano è meglio. Se non lo trovi, va bene qualunque cosa, purché non troppo annacquata. Non portarmi tequila, però».

Il treno rallentò con forza, mentre i freni stridevano. Si arrestò, facendo barcollare l'uomo e Johanna. Ma questa volta lei aveva molleggiato le gambe, proprio come aveva visto fare a Chico, e non cadde.

Si sentì bravissima.

«Adesso aiutami, per favore, ragazzo» le disse. «Ho la testa che mi fa un male d'inferno e voglio stendermi. Svuota il sacco. Ci sono le mie cose. Camicie, calze, la solita roba. Mettila dove vuoi, ma tieni liberi i sedili. Presto avrò ospiti».

Non sapendo bene cosa fare della bottiglia, la mise per terra e cominciò a sistemare i bagagli. C'erano vestiti e un paio di scarpe. Alcuni libri, che Jo mise sul tavolino, dei quaderni, un taccuino pieno di pezzi di carta e annotazioni, una coperta, un set da barba e un pettine e poche altre cose.

Lavorò in silenzio, mentre l'uomo si sdraiava sulla branda e richiudeva gli occhi. All'esterno, vide Luisito Barrana e De Domingo azionare la grande leva dello scambio.

Dopo poco il treno ripartì, questa volta muovendosi in avanti. Il fischio di Rosario si levò nel cielo del mattino, forte e squillante.

Nella borsa vide ancora qualcosa, un involto di stracci, molto pesante.

«Quello dallo a me».

Jo si voltò in fretta e un lembo di tessuto cadde scoprendo il contenuto. Era una pistola. Johanna la guardò con attenzione. Se ne sentiva attratta, quasi come una calamita con il ferro. Non era un revolver a tamburo come quelli dei soldati di Villa. Era una pistola dalla forma squadrata, in una fondina di cuoio lucido, con un caricatore piatto come un'armonica. Si chiese chc sensazione si provasse a puntarla su di un uomo e...

L'altro prese la pistola dalle sue mani, richiuse gli stracci e depose l'involto di fianco a sé. L'incantesimo era spezzato.

«Ho finito, *señor*. Non c'è altro».

Attimi silenziosi scesero tra loro due e Jo sentì che le guance le si stavano arrossando di nuovo.

«Non avevi mai toccato una pistola». Non era una domanda, l'americano aveva esposto un fatto. Con parole asciutte e secche. Poi sospirò. «Parlami di te, Juan. Da quanto lavori per la ferrovia?»

«Ah, da... ecco, almeno un anno, ormai».

«Un anno. Hai visto molte battaglie? Molti cadaveri?»

«No, niente cadaveri, per fortuna! E nessuna battaglia, *señor*. Ma ne ho sentito parlare. Mi fanno paura le battaglie».

«Non ci credo. Ai ragazzi piacciono le storie di soldati e sparatorie. Morti, feriti, vincitori ed eroi, non è di questo che si parla da ragazzi? Sai in quanti darebbero chissà cosa per trovarsi su un campo di battaglia? Almeno fino a quando non gli capita davvero».

«Non saprei. Io voglio solo tornare a casa. Non mi interessano le battaglie. Non voglio vedere nessun morto».

L'uomo fece uno strano verso. Jo si rese conto che stava ridacchiando.

«Mi hai mentito, Juan. Sembri un ragazzo, ma in te c'è la saggezza di un adulto».

Quell'uomo la guardava come se con gli occhi potesse bucarla. Sentiva di non potergli nascondere nulla e sperava che non le chiedesse più niente.

«C'è un'ultimissima cosa. Non mi piacciono le visite e ancora meno gli scocciatori. Odio la maleducazione. Entra qui senza avvisare e ti butto giù dal treno. Ma potrei non rispondere se bussi, proprio perché non voglio essere disturbato: ho molto da fare e, se scrivo, non devo avere nessuno tra i piedi, chiaro?»

«Chiaro, *señor*».

«Tu però potrai e dovrai entrare spesso, per fare le cose che ti chiedo. Per essere sicuro di poter entrare dovrai bussare in un modo speciale».

Jo aggrottò la fronte. «Bussare in modo speciale, *señor*?»

«Smettila di ripetere come un pappagallo e apri bene le orecchie».

L'uomo chiuse le dita a pugno e colpì piano ma ripetutamente il pannello di legno della parete. Un colpo, due colpi, due colpi... *Toc! To-toc! To-toc!*

«Fammi sentire» le disse.

Jo bussò allo stesso modo contro la spalliera della sedia.

«Bene» l'altro parve soddisfatto e sospirò. «Bussa così e ti faccio entrare».

Jo tornò a respirare.

«Alla fine del viaggio potrai tenere i soldi che ti saranno avanzati. Ma non mi portare cose scadenti per intascartene di più. Sono vecchio, non rincretinito. Non ancora. Servimi bene e, se a El Paso i soldi saranno finiti, te ne darò io altri».

«Grazie! Grazie mille, *señor*...»

L'altro la guardò negli occhi e sorrise. E parve che dolore e anni gli cadessero di dosso.

«Bierce. Mi chiamo Ambrose Gwynnet Bierce».

Fuori dallo scompartimento, Johanna vide la soldatessa e il giovane. Ai loro piedi c'erano sacche e borse. Il ragazzo teneva per il collo una vecchia chitarra e in vita aveva un cinturone con una pistola. Guardavano fuori dal finestrino e il Messico scorreva sotto i loro occhi. Jo notò una strana tensione tra i due, che le ricordò quando sua mamma e suo papà discutevano cercando di non farsi sentire da lei.

La porta dell'americano venne chiusa a chiave e i due si voltarono.«Oh... scusate» disse Jo.

«Sta bene? Il gringo, dico, tutto a posto?» chiese il ragazzo.

«Sì, sì, *señor*. Tutto a posto. Mi ha chiesto di uscire. È molto stanco, vuole riposare, *señor*».

«Come ti chiami?» le chiese la ragazza, stavolta con un tono più tranquillo.

Si fece avanti e le tese la mano. Johanna la strinse.

«Juan, *señorita*».

L'altra la studiò e la ragazzina si sentì a disagio sotto quell'occhiata indagatrice. Poi la soldatessa fissò la sua mano e parve notare qualcosa, perché tornò a guardarla in viso. Ora, in quel bel volto, Johanna scorse un lampo divertito.

«Io sono Valentina, Juan. E *non devi avere paura*» aveva detto quelle parole con un tono particolare, molto convinto. «E lui è Daniel, ma tutti lo chiamano "Rojo". Chiedi pure di noi se hai bisogno di qualcosa».

«Io devo andare, scusate» mormorò Johanna.

Si affrettò a lasciare il vagone, verso la seconda classe. Quando chiuse la porta, in piedi sulla predellina, colse ancora lo sguardo della soldatessa: Valentina la stava guardando. Con molta attenzione.

Il treno fece una sosta a Paica, stupendo tutta la popolazione, che non si aspettava il suo arrivo. De Domingo ebbe un bel daffare a spiegarne la presenza al sindaco, soprattutto quando gli uomini di Villa scesero e si misero di guardia, con le armi in mano. Johanna ne approfittò per andare a cercare del whisky per Bierce. Ebbe fortuna.

Tornò al treno dopo aver mangiato una *tortilla* per strada, con il cuore in gola. Era sicura di esser stata lontana troppo tempo e che l'americano si sarebbe arrabbiato. I vagoni stavano cominciando a muoversi. Salì da una porta della terza classe e si mosse verso la testa. Nell'ultimo vagone prima della seconda classe passò di fronte a una panca dove era seduto Alvaro, di fianco all'uomo con il cravattino. Il controllore pareva gli stesse parlando di qualcosa di importante, mentre l'altro continuava a fare cenno con la testa di aver capito.

A un certo punto l'ometto guardò Jo senza riconoscerla e Alvaro si voltò. Rimase sorpreso a vederla vestita da valletto e aprì la bocca per dire qualcosa.

Lei lo batté sul tempo, fece frullare le dita di una mano e disse: «Ci vediamo, devo andare!».

E si mosse oltre. Superò la seconda classe e aprì la porta del vagone, tenendo sottobraccio la bottiglia. Richiuse la porta dietro di sé.

«E tu che cosa vuoi?»

Era il generale Villa. Stava appoggiato con le spalle al finestrino e in bocca aveva un sigaro spento. Il suo sguardo era cupo come le nuvole prima del temporale.

«Io… io…» Johanna non riuscì a parlare.

«Io cosa?» tuonò Villa. «Il gatto ti ha mangiato la lingua? Che hai lì?»

«Niente».

«Da' qua, fa' vedere».

Villa le prese l'involto. Poi lo aprì.

«Ah. Che il diavolo se lo porti!» disse dando la bottiglia in mano a Johanna. «Sempre questa brodaglia, eh? Tu sai di cosa si tratta?»

«Sì, *señor*. Il *señor* Bierce mi ha mandato proprio a cercare questo. I suoi ordini sono stati chiari».

«Ah, i *suoi* ordini?»

Fu allora che la porta dello scompartimento di Bierce si aprì e ne uscì il messicano vecchio e magro, quello con i lunghi baffi color del ferro.

Villa si voltò verso di lui e attese che richiudesse la porta.

«Hai visto, *'mano*? Io do ordini, ma lui fa di testa sua!» indicò la bottiglia di whisky. «Dà ordini lui, e questo ragazzo obbedisce. Cosa sta succedendo?»

L'altro prese una scatoletta di metallo dal taschino, l'aprì e si infilò un ciuffo di tabacco in bocca. E prese a masticare.

«Succede che il gringo sa farsi valere con questo ragazzo,

perché lo paga, probabilmente. Gli uomini seguono te e ti obbediscono, invece, perché sei il loro eroe. Ma gli uomini marceranno sempre al suono di...»

E con la mano Aceveda fece il gesto di contare delle monete, muovendo il pollice e l'indice.

«E allora a cosa serve la nostra Rivoluzione, eh?» ruggì Villa. «Se un altro dei miei mi parlasse a questo modo lo butterei giù dal treno. Sei fortunato a essere tu!»

«È proprio perché sono io, che dico queste cose» rispose Aceveda. «E poi, lui non è uno dei tuoi uomini, no? Che voglia bere un po' di torcibudella non è un nostro problema. O almeno non lo sarà più tra non molto».

Villa incrociò le braccia sul grosso petto e masticò nervosamente il suo sigaro.

«Allora sei riuscito a fargli cambiare idea, o vuole sempre scendere prima di El Paso?»

«Ci ho provato, ma credo abbia ragione, è la scelta migliore. E lo è anche per noi. Vuoi davvero passare i controlli della loro frontiera? I gringo saliranno e perlustreranno tutti i vagoni. Potrebbero arrestarti!»

«Che ci provino! Ci parlo io con gli americani!»

«Sì, ma...»

«Niente ma!» sbottò Villa. «Adesso basta! Si farà come ho deciso».

Johanna lo vide voltarsi e percorrere a grandi passi il corridoio della prima classe, con gli speroni che tintinnavano e le spalle che sfioravano le pareti di legno.

L'altro rimase a guardarlo. Johanna scorse un lampo nei suoi occhi.

Poi l'uomo cercò con lo sguardo la sputacchiera e...

Ptui! Sputò il bolo di tabacco verso il vaso di ottone, a un passo dai piedi di Johanna.

Pteng! Centro perfetto.

«Adesso puoi entrare a portargli la sua brodaglia, ragazzo» disse.

Johanna annuì e vide il messicano infilarsi i pollici nel cinturone e incamminarsi lungo il vagone.

Fischiettava.

Cap. 9

L'ARMA SEGRETA

Anche lì, nella stazione di Canitas, la scena era sempre la stessa, ma Daniel Carmin rimase stupito ugualmente. Una banda improvvisata, il sindaco impettito, il prete del paese, il farmacista, i vecchi soldati curvi e le mamme con i bambini. L'arrivo del treno era una festa, ma la notizia che a bordo c'era niente di meno che Pancho Villa, faceva impazzire tutti e generava mille domande.

Perché il governatore viaggiava su un treno non previsto?

Dov'era la Divisione del Nord, il grande esercito di Pancho Villa?

Perché il Centauro del Nord non era sul suo cavallo?

E poi arrivava *lui*.

Mentre il personale del treno eseguiva i propri compiti, e chi voleva scendere lasciava il convoglio, Pancho Villa salutava la gente di ogni paese.

Anche adesso: in piedi sui gradini del vagone, il cappello sulla testa, le bandoliere incrociate sul petto, gli occhi che mandavano lampi. Il popolo lo adorava.

Daniel si sfilò la chitarra dalle spalle e ne accordò le corde.

Dopo qualche istante, la figura magra di uno dei due valletti lo raggiunse e si fermò di fianco a lui, a guardare il treno e la gente riunita.

«Non capita certo tutti i giorni un treno con un eroe» osservò il valletto.

«Villa è la speranza. Perché per loro Villa è la Rivoluzione».

«Rivoluzione...» ripeté il ragazzino. «È per la Rivoluzione che andate a nord?»

A quel punto Daniel lo guardò. Il valletto era più giovane di lui di almeno un paio d'anni, magrissimo, ossuto, sembrava fatto di gomiti e ginocchia. Con le guance rosse dall'emozione. All'improvviso si ricordò del proprio soprannome "Rojo", il rosso, proprio perché anche lui spesso arrossiva.

«È un segreto» rispose.

«È un segreto un po' strano, però, se vi fate vedere a ogni fermata, no?»

Daniel si sistemò con forza il cinturone.

«Già. Ma sembra che la Rivoluzione si vinca conquistando i cuori della gente. E il presidente è lontano, chiuso nel suo palazzo. Il generale, invece, lui è uno del popolo, proprio come tutti noi. E allora...»

«Ah, capito».

Villa ora stava tenendo una specie di comizio alla gente di Canitas. Vicino a lui c'era un uomo del paese, con la giacca bianca e il panciotto nero, libri sottobraccio e occhiali sul naso. Il generale parlava di istruzione, di scuola, di sapere, di libri!

Dietro di lui, Daniel vide comparire Valentina. Il lungo collo, la camicia bianca e i folti capelli neri.

Il generale prese dalla giacca un sacchetto di cuoio e, tenendolo ben alto in modo che tutti potessero vederlo, lo consegnò all'uomo con i libri. La folla esplose in grida felici.

«Soldi? Gli ha dato davvero dei soldi?» chiese ancora il valletto.

Daniel aveva occhi solo per Valentina, in quel momento. La ragazza era molto emozionata, si vedeva. Applaudiva, con un sorriso stampato in viso.

«Sì» rispose voltandosi. «Ha dato dei soldi a quell'uomo. Sicuramente è il maestro di Canitas».

Daniel si incamminò verso la locomotiva.

«E perché l'ha premiato? Ha fatto qualcosa?» chiese l'altro, seguendolo.

«No, è per quello che fa ogni giorno e per quello che deve fare domani. E dopodomani».

Un tubo di ferro sporgeva dalla grande cisterna dell'acqua. Un manicotto di stoffa e gomma collegava il tubo al fianco della grande locomotiva nera. L'acqua scorreva dalla cisterna, in alto sulla sua torre di legno, fino alla caldaia della motrice. Ogni tanto dei rivoli d'acqua filtravano dalla manichetta e correvano sui fianchi roventi della macchina, sfrigolando.

Daniel era a pochi passi dal fianco della motrice. Gli piacevano i treni. Gli erano sempre piaciuti. Si rimise la chitarra a tracolla.

La locomotiva respirava in attesa. Come un animale dopo la corsa, che si abbeverava allo stagno.

«Maestro!» chiamò il valletto. «Maestro, tutto bene?»

Il macchinista si sporse oltre il bordo della motrice. Aveva capelli ricci e il viso scuro. Prese un fazzolettone e lo usò per pulirsi la faccia.

«Oh, Chico! Tutto bene!»

Di fianco a lui, Daniel vide comparire il volto dell'altro ragazzino. Il cappello largo calcato in testa, la giacca di servizio troppo grande per le sue spalle, ma il viso attento e intelligente. Daniel scorse qualcosa in quegli occhi, un lampo di furbizia, di curiosità e... di paura. Il ragazzino abbassò il cappello e si spostò all'interno della cabina della locomotiva.

«Il vecchio vuole sapere quanto ci vuole ancora».

«Poco. Ancora venti minuti per l'acqua. Poi dobbiamo fare dei controlli e riparare un paio di cose. Digli che saremo pronti tra un'ora al massimo».

«Bene! Sarà contento!»

«No, è male, Chico, male! Nemmeno un'ora per partire? Non va per niente bene! Qui a Canitas non ci aspettavano, ovviamente! E l'acqua è poca. Quindi anche l'acqua nella mia caldaia sarà poca! Dovremo andare piano, diglielo al capo! Dovremo andare piano e rifornirci appena possibile!»

Daniel annuì annotando mentalmente l'informazione. Il treno aveva bisogno di rifornimento costante di acqua e carbone, ma la deviazione per salire aveva complicato le cose.

«Va bene, Maestro! Riferisco! Grazie!»

Il macchinista salutò con un cenno della testa. Il ragazzino al suo fianco alzò un braccio magro e fece "ciao" con la mano. Daniel vide Chico salutare allo stesso modo, con molto entusiasmo.

I due tornarono verso i vagoni, alla ricerca del capotreno.

«Chi è?» domandò Daniel.

«Eh?»

«L'altro valletto, chi è?»

«Ah. Quello. Ehm...» Chico arrossì.

«Che succede?»

«No, niente. Juan. Si chiama Juan. Fa l'aiutante».

«Sembra più piccolo di te».

«Sì, è così. È giovane, vero? Bene, allora...» Chico si sforzò di cambiare discorso senza che l'altro se ne accorgesse. «Dovremmo poter partire tra un'ora. Avrai da fare a... preparare... non so... quello che fate voi che la fate la Rivoluzione, vero? Posso vedere la tua pistola?»

«No, non puoi. Senti, lui ha il cappello e tu no. E la sua giacca gli va grande. Come mai?»

«Sono miei. Lui li ha persi, i suoi» rispose prontamente Chico. «Ma deve averli, capisci, è il regolamento!»

«E perché un aiutante sta sulla motrice?»

«Parlava con il Maestro. Credo».

«Il Maestro».

«Sì, il nostro macchinista».

«Non è la prima volta che Juan sta sulla motrice, ho notato. Passa molto tempo, lì. Non dovrebbe, invece, essere sempre a disposizione del personale? Passa metà del tempo con l'americano e l'altra metà sulla motrice».

Chico si fermò. Guardò per terra e poi trovò il coraggio di osservare Daniel negli occhi.

«A Juan... ecco, a lui piace imparare le cose. Questa cosa di fare l'aiutante, per lui, non durerà. Presto ci lascerà, no? E allora intanto cerca di imparare».

«Ah, capisco. Cambia treno?»

«Sì... credo».

Rimasero in silenzio per qualche istante.

«Non è che uno debba fare per sempre quello che sta facendo adesso, no?»

«No, certo, hai ragione».

Chico strinse una mano a pugno. «Non è detto che quello che facciamo ci piaccia proprio, anche se è proprio quello che facciamo. Non so se riesco a spiegarmi».

I due ripresero a camminare.

Raggiunsero il vagone della seconda classe e poterono vedere il capotreno che si muoveva all'interno. Di Villa nessuna traccia.

«Sai, non ci pensavo, ma è stato proprio Juan a farmelo capire. Io penso che quello che fai è come un viaggio in treno. Ogni tanto ci sono le fermate e tu puoi scendere e magari salire su un altro treno, che non sai dove ti porterà. E questa è la vita. E anche se lei ti porta, sta a te scegliere come viaggiare».

Daniel spalancò gli occhi.

Il ragazzino pareva a disagio.

«Sì, be'... a volte realizzi che in tasca hai un biglietto già pronto. Devi solo deciderti a usarlo».

«È una cosa molto importante quella che stai dicendo, Chico».

«Be', ora devo andare a parlare con il capotreno, va bene?»

«Certo. Io riferirò al generale».

Chico salì sul vagone con uno slancio. Le sue ginocchia ossute si mossero tanto in fretta che la giacca gli si aprì. Ne cadde qualcosa, un oggetto scuro che si posò nella polvere, ai piedi di Daniel.

Era un quadernetto. Il vento voltò alcune pagine. Era pieno di disegni rossi.

«Ti è caduto questo» disse Daniel raccogliendo il taccuino.

«Oh, grazie...» rispose il ragazzo, rosso come una scodella di chili. «Il mio biglietto. E magari, un giorno, con questo cambierò vita».

Daniel si diresse dove aveva visto il generale poco prima, ma non ve n'era traccia. Anche la folla era sparita. A terra, vicino alla porta dove Villa si era fermato a parlare, c'erano solo alcuni *peones* che cercavano di vendere pannocchie e frutta ai viaggiatori.

Poco distante, incontrò Corradin Sobrero, che parlava con una ragazza del villaggio. Non ebbe fortuna, non aveva visto Villa.

Arrivò fino alla prima classe, poi salì sul vagone. Raggiunse la porta dell'americano e bussò.

Silenzio.

Bussò di nuovo, più forte.

«Vai via!» rispose il vecchio con tono scortese.

«Sono Daniel Carmin, sto cercando...»

L'americano lo interruppe brusco: «Non mi importa chi sei. Ti ho detto di andare via».

Daniel rimase a guardare la porta di legno mentre sentiva il rossore scaldargli il viso. Si morse un labbro e parlò ancora.

«Cerco il generale Villa».

«Qui non c'è» rispose l'altro, ancora sgarbatamente. «Adesso vattene».

Daniel si morse di nuovo un labbro. Attraversò la carrozza in fretta e scese. Poi raggiunse il vagone refettorio dove alloggiava con gli altri soldati rivoluzionari. Salì, ma all'interno non trovò nessuno, se non Fabiano Parmisan.

Il giovane era chino su un mazzo di verdure, che stava mondando sopra uno straccio. Usava un coltello per separare le foglie dai gambi.

«Ehi, Daniel! Come va?»

«Abbastanza bene. Hai visto il generale?» chiese lasciando la chitarra vicino alle sue cose.

«Uhm... no. Senti, secondo te, questo cos'è? Radicchio oppure erba di campo?»

«Non lo so, Fabiano. Sto cercando il generale».

«Era là, a parlare con la gente. Hai guardato fuori? Forse è col capotreno. Oppure con Aceveda» disse l'altro mordicchiando una foglia.

«E dov'è il capitano Aceveda?»

«Oh, questo è facile: in coda al treno, con Valentina Azul».

Daniel lo ringraziò secco, poi si voltò e percorse il corridoio del vagone a grandi passi.

«Daniel!» lo chiamò ancora Parmisan.

Lui si voltò.

«È radicchio!» esclamò l'amico, mentre masticava. «E anche buono!»

Daniel guardò in ogni vagone, ma senza fortuna. Alla fine raggiunse l'ultimo della terza classe. Salì e la porta, che non era agganciata, gli si richiuse alle spalle. Niente anche qui, solo viaggiatori sonnolenti. Si passò una mano tra i capelli e li sentì bagnati di sudore. Si affacciò alla porta aperta del vagone per prendere un po' d'aria e fu allora che dal vetro vide Aceveda e Valentina. Stavano venendo verso il treno. Non c'era traccia di Villa. I due camminavano per la strada e sembravano impegnati in una fitta discussione. Lei reggeva con entrambe le mani la pesante borsa di stoffa e aveva il viso basso. Daniel attese dietro la porta che la loro discussione terminasse.

I due si fermarono proprio di fronte alla porta chiusa. Stavano litigando.

Anche tendendo le orecchie, Daniel non riusciva a capire le parole. L'uomo faceva domande secche a cui poi seguivano frasi lunghe. Lei rispondeva piano, sottovoce e in alcuni casi con brevi discorsi. Poi i toni si accesero, fino a quando Aceveda perse la pazienza.

«Adesso basta!» gridò. «Ho detto già abbastanza e ti ho offerto fin troppo. In fondo ti chiedo una cosa molto semplice. È il momento di scegliere da che parte stare, ma sai bene che chi non è con noi...»

Lasciò la frase a metà.

Daniel Carmin agì d'istinto. Sentiva che Valentina era in difficoltà e il tono del capitano non gli piaceva per nulla. Spalancò la porta del vagone e scese uno dei gradini.

Valentina Azul si voltò di scatto, con gli occhi arrossati e le labbra tirate. Aceveda, invece, mise mano alla pistola, senza però estrarla.

«Capitano, sono io!»

«Ah, Carmin...» rispose l'altro, senza però togliere la mano dall'arma.

«Che succede, tutto a posto?»

I due non risposero, ma si scambiarono un'occhiata.

«Non sono affari che ti riguardano» gli rispose il vecchio combattente.

«Ha intenzione di spararmi, capitano?»

L'uomo tolse finalmente la mano dall'impugnatura della pistola.

«No, certo che no. Mi hai solo sorpreso. Che volevi?»

Daniel si sentì avvampare. Lanciò uno sguardo a Valentina, che aveva appoggiato nella polvere la pesante borsa e si stava asciugando il viso con un fazzoletto. Gli parve avesse pianto.

«Cercavo il generale Villa, capitano. Mi hanno detto che era con lei».

«No. Non è così. È a casa del sindaco».

«Capisco. Volevo avvisarlo che partiremo tra poco, ma che dovremo fermarci presto. Il rifornimento dell'acqua per la caldaia non è terminato e questo potrebbe essere un problema».

«Ci penso io» rispose Aceveda. «Tu, Valentina, pensa a quanto ci siamo detti».

E così dicendo si voltò, per poi incamminarsi verso il centro del paese, con gli speroni che tintinnavano a ogni passo.

«Bevi un sorso» disse Daniel alla *soldadera,* porgendole la borraccia. Lei scosse la testa.

«Vuoi dirmi che hai?» le domandò quindi.

«Niente».

Lui sbuffò. Non le capiva, le donne.

Erano seduti su un basso steccato, all'ombra di una tettoia di legno. Il treno era a poca distanza da loro. I passeggeri cominciavano a salire a bordo, presto sarebbero partiti.

Cercò le parole giuste per aiutare la ragazza, anche se non sapeva quale fosse il problema.

«È tutto così strano...» disse lei a un certo punto.

Daniel, che stava guardando in direzione della locomotiva, annuì. I due valletti stavano camminando di fianco al treno. Erano così diversi, anche da lontano. Chico alto e magro, sottile e goffo. Juan, invece, più piccolo, sembrava muoversi con delicatezza, anche se la grande giacca lo faceva sembrare molto buffo.

«È vero» commentò Daniel. «Ci pensavo prima e proprio non me lo spiego. L'altro mi dice che è perché ha voglia di imparare le cose, ma a me sembra strano lo stesso».

«Ma di cosa stai parlando?» gli chiese Valentina.

Daniel la guardò stupito, poi diede un calcio a un sasso.

«Di quei due, no?» e indicò con il mento.

Valentina seguì il suo sguardo e scoppiò a ridere.

«Oh, Rojo!» gli disse.

«Che c'è? Non sono strani? Quello piccolo, in particolare... non so, non mi convince».

«Davvero?»

«Già».

«E ancora non hai capito?»

«Cosa dovrei capire?»

«Povero, Daniel Carmin...» commentò Valentina. «In che mondo difficile vivi!»

«È il mondo di tutti noi, però» rispose lui, offeso. «E non è colpa mia, se è difficile. Perché lo è. Lo è davvero. È tutto un pasticcio. La guerra civile, la Rivoluzione, questa missione... Non ci capisco niente».

Lei sospirò.

«Non dirlo a me».

Il tono di voce di Valentina gli mise un brivido.

«Ehi, che succede...?»

«Tu cosa vuoi fare?» gli domandò lei, invece. «Dopo».

«Dopo?»

«Quando la Rivoluzione sarà finita, Daniel Carmin, cosa vuoi fare?»

Lui si alzò e mosse gli stivali nella polvere.

«Non lo so. Tornare da mio padre, penso. Aiutarlo con la *hacienda*».

«È un buon progetto... ma non vorresti cambiare vita?»

«Cambiare vita». Daniel si rigirò la frase in bocca ruotando gli occhi. «Che cosa strana. Sei la seconda che me ne parla, oggi».

«Ah, sì?»

Lui le annuì.

«Chico. Il valletto, quello alto. Mi ha parlato di cambiare vita. E Juan, l'altro, be', l'altro pare che lascerà il treno, presto».

Questo fece sorridere la *soldadera* e Daniel ne fu felice. Era bella, Valentina, quando sorrideva.

«Anche io vorrei cambiare» gli disse. «Cambiare tutto, fare qualcosa di nuovo».

Si chinò e sistemò i manici di cuoio della pesante borsa.

«Ma prima di poterlo fare, dovremo affrontare qualcosa di molto difficile. E prendere delle decisioni».

«C'entra quella?» chiese guardando la borsa.

Lei lo fissò con sorpresa.

«Sì» disse sottovoce.

«L'arma della Rivoluzione» ricordò Daniel. «È a questo che si riferiva il capitano, prima, vero? Fa parte della missione?»

Diverse emozioni si rincorsero sul bel viso di Valentina. Timore, divertimento, incredulità e confusione.

«Oh, come fai a non aver ancora capito?» commentò a un certo punto. «Sì, c'entra quello che c'è in questa borsa, ma non nel senso che credi tu».

E con un movimento si chinò in avanti. Aprì la borsa e ne mostrò il contenuto al ragazzo.

«Ecco, guarda. È così che salveremo il Messico. Ecco cosa vorrei ci fosse nella mia vita e perché seguo il generale. Ecco perché il capitano vuole parlarmi. Questo è quello che voglio nel mio futuro».

E Daniel Carmin guardò dentro la borsa.

Poi il fischio del capotreno si fece sentire alto e forte nell'aria del mattino.

Valentina richiuse la pesante borsa, si alzò e s'incamminò verso il treno.

Quando stava per raggiungerla, all'altezza della seconda classe, lei si voltò un attimo e gli lanciò uno sguardo che Daniel aveva imparato a conoscere.

Era lo sguardo di una donna che voleva esser lasciata sola.

Cap. 10

AL LADRO!

Daniel salì sulla carrozza più vicina. Molti sedili erano vuoti, mentre una decina di viaggiatori occupavano quelli rimanenti. Erano prevalentemente contadini, *peones*, gente di poco conto: le ossa del suo Messico. Tra loro, stravaccato a gambe larghe, trovò Pedro Solina, che dormiva con il sombrero sulla faccia. Dietro di lui, un signore con occhialini tondi e un cravattino diede un'occhiata a Daniel, fece un cenno di saluto e si preparò a dormire. Al suo fianco, appoggiato al finestrino, russava un uomo così grasso che la catena d'oro del suo orologio da tasca era tutta tesa sul panciotto.

Un altro fischio da fuori, il treno stava per muoversi.

Daniel ripensò ai capelli di Valentina, alla curva del suo collo, agli occhi, accesi di emozione mentre gli spiegava la natura del suo sogno, il motivo di quella borsa. E rivide la tristezza nascosta. Era una ragazza che aveva bisogno d'aiuto e lui l'avrebbe aiutata, decise.

Si voltò e tornò alla porta del vagone, pronto a scendere per andare da lei. Proprio in quel momento, però, la porta venne chiusa dall'esterno. Avrebbe dovuto attendere fino alla fermata successiva.

Forse era meglio così.

Ritornò verso le panche. Notò un movimento furtivo, subito dietro Solina. Con l'istinto del combattente, si fermò subito. L'ometto con il cravattino e il grasso signore al suo fianco dormivano. Tutto pareva come prima, in ordine e tranquillo, eppure...

La catena dell'orologio da tasca non c'era più.

Daniel si avvicinò piano. L'ometto dormiva, a braccia conserte. L'altro, l'uomo con il panciotto, aveva la bocca aperta e russava, con il corpo completamente abbandonato.

E poi la vide, la catenella dorata: arrotolata tra le dita dell'uomo con la corta barba.

«Ehi, che succede qui?» chiese Daniel ad alta voce.

Qualcuno gemette nel vagone, il signore corpulento continuò a russare, ma l'ometto aprì appena un occhio.

«Mi faccia vedere cos'ha in mano, per favore» gli disse Daniel, spostando una mano verso la pistola nella fondina.

L'altro aprì anche l'altro occhio e poi tutto accadde velocemente. Un guizzo del braccio, qualcosa di giallo e metallico in volo. L'urto contro il viso, il dolore. L'ometto gli aveva gettato in faccia l'orologio e ora si stava lanciando di corsa lungo il corridoio tra le panche!

L'uomo era veloce. Percorse in un attimo tutta la carrozza e si ritrovò nel vano appena prima della porta chiusa. Nel vagone era intanto scoppiato l'inferno: si erano svegliati tutti e chiedevano a gran voce cosa stesse accadendo.

«Fermi, tutti fermi!» gridò l'ometto con voce stridula.

«Ehi, quello è il mio orologio!» disse a un certo punto qualcuno dietro Daniel. L'uomo grasso doveva finalmente essersi accorto di quanto era accaduto. «Che cosa ci fa per terra?»

L'ometto fece un movimento rapido dietro la schiena e nella sua mano comparve una piccola pistola.

Una donna gridò.

«È armato!» annunciò qualcuno.

In un attimo i passeggeri corsero verso l'estremità più lontana della carrozza.

«Che succede?» chiese Pedro Solina, finalmente sveglio.

Daniel era a pochi metri dal ladro. Si sentiva la bocca gonfia, dove l'orologio l'aveva colpito.

«Fermi o sparo!» gridò ancora l'ometto.

«Succede che quell'uomo ha derubato il signore là in fondo, quando pensava che nessuno lo vedesse».

«Giuro che sparo!»

«E poi?» gli chiese Daniel. Con la coda dell'occhio vide Solina in piedi, tra le panche, poco più indietro. Aveva le braccia larghe, pronto a estrarre la sua pistola.

Se fossero arrivati a una sparatoria, ci sarebbero andati di mezzo degli innocenti. Spalancò le braccia cercando di attirare su di sé l'attenzione. Il treno ormai correva.

«Parliamo un po'».

Il ladro stava cercando con la mano un comando, una leva, per spalancare la porta e scappare.

«Non puoi andare da nessuna parte. E se spari a me, Solina, qui, sparerà a te». Daniel fece una pausa e vide l'uomo guardare verso il compagno. «Puoi sparare a lui, ma a quel punto sarò io a ucciderti. Vuoi davvero morire? E per cosa?»

L'altro non rispose. Ma Daniel lo vide deglutire a vuoto. Poteva essere vicino al punto in cui si sarebbe arreso. O avrebbe fatto fuoco.

«Posso ammazzarvi entrambi!» gridò l'uomo dopo un po'.

Daniel si trovava ormai a nemmeno tre metri dall'altro che agitò la pistola e, dietro il ragazzo, si levarono grida e gemiti. Una donna pregava.

No, non posso rischiare una sparatoria.

«E va bene» gli disse. «Scappa».

«No, cosa fai?» protestò Solina, ma Daniel alzò una mano per ammutolirlo.

Il ladro aveva gli occhi spalancati e le labbra arricciate a scoprire i denti. Era un animale in trappola.

«Non te lo impediremo» disse Daniel. E con un cenno della testa gli indicò la porta. Oltre il vetro, il panorama era confuso, correva veloce.

«Non fate scherzi, eh!» intimò il ladro. Con una mano trovò la ruota dell'apertura della porta. Era un grande anello, largo almeno venti centimetri, pesante e spesso.

«Nessuno scherzo, guarda». Si slacciò il cinturone e lo lasciò cadere per terra.

«Anche tu!» disse il ladro puntando la pistola su Solina. «Avanti!»

L'uomo fece un verso ma obbedì. Slacciò il cinturone e lasciò cadere la pistola per terra.

Il ladro ridacchiò, appoggiò entrambe le mani sull'anello, senza staccare gli occhi da Daniel e dal compagno, e fece forza. Il meccanismo cigolò, poi la porta si aprì di poco e...

La porta si spalancò sotto la spinta del vento e l'ometto quasi cadde fuori.

«Adesso!» gridò Daniel, e si lanciò in avanti.

Solina gli venne in aiuto. I due piombarono insieme sul ladro, mentre cominciava a dibattersi e gridare. Lo buttarono a terra, gli furono sopra. Daniel chiuse la mano a pugno e lo colpì. L'altro strabuzzò gli occhi e poi li richiuse. Era svenuto.

Alla stazione di Minure, Pedro e Daniel fecero scendere il ladro, legato mani e piedi.

Il capotreno e il generale vennero subito avvisati e una piccola comitiva si riunì all'ombra della grande locomotiva sbuffante.

L'omone del vagone postale e i due valletti si occupavano dei passeggeri che scendevano, ma era chiaro che erano molto curiosi di quanto stesse accadendo.

Valentina non si vedeva, ma gli altri uomini di Villa erano affacciati ai finestrini.

Il ladro disse di chiamarsi Javier Delgado. Era salito a Città del Messico, con un biglietto di seconda classe per

Chihuahua. Eppure aveva fatto gran parte del viaggio in terza classe.

«Un ladro sul mio treno... al primo viaggio che torniamo a fare verso El Paso dopo una lunga interruzione». Il capotreno appariva pallido e tirato.

«Non volevo... mi dispiace...» provò a scusarsi Delgado.

«Zitto» rispose secco Villa. Stava a braccia conserte e masticava il sigaro. «Sapevi benissimo cosa stavi facendo. Rubavi alla povera gente perché nei loro vagoni c'è meno ordine, più confusione».

«Ecco la sua roba, generale» disse con voce asciutta il capitano Aceveda, raggiungendo il piccolo gruppo sotto la stazione. Con lui c'era il controllore, un certo Ferraz, Daniel non ne era sicuro.

I bagagli del ladro furono deposti per terra. Erano aperti e all'interno si scorgevano monete e banconote in fazzoletti e piccole borse. Orologi, collane e un quadernetto.

Daniel si chinò e lo raccolse. Era pieno di calcoli.

«E questo?»

Il ladro non rispose.

«L'anno scorso per te ci sarebbe stata la forca» annunciò Villa, con voce profonda. «Ma sei fortunato, sono il governatore dello Stato di Chihuahua, ora, non solo un generale».

Delgado tirò un respiro di sollievo.

Ptui! Aceveda sputò per terra.

«Possiamo sempre fucilarlo qui» propose il capitano.

Il ladro alzò uno strano sguardo spaventato sul vecchio capitano, il quale fece una smorfia di disgusto.

«No, non è giusto!» Daniel fece un passo in avanti, di fronte al prigioniero. «Generale, non ha ucciso nessuno».

«Avrebbe potuto farlo» disse Solina.

Si sentì avvampare. Guardò Villa.

«Ci ha fatto perdere fin troppo tempo» disse quindi il generale. «Datelo in custodia al sindaco di questo paese. Che lo consegni a chi di dovere. Riportate a bordo la sua roba».

Villa si voltò e cercò con lo sguardo il capotreno.

«Vi sarei grato se voleste occuparvi di restituire le cose rubate ai passeggeri. Forse qualcuno sarà già sceso ma... vale la pena provare».

Daniel vide che il controllore stava parlando fitto fitto con Aceveda.

«Alvaro» chiamò il capotreno. «Pensaci tu».

«Certo. Sarà fatto» rispose l'uomo.

Villa si fece avanti fino a raggiungere il ladro, seduto su un barile. Si tolse il sigaro e lo schiacciò con uno stivale. Poi si chinò in avanti.

«Considerati fortunato. Molto fortunato» gli disse piantandogli un dito sul petto. «Se io non fossi cambiato, questo sarebbe il tuo ultimo giorno su questa Terra».

Daniel vide il ladro deglutire a fatica.

Villa si voltò.

«Va bene. Solina, portalo tu dal sindaco. È ora di ripartire».

La piccola comitiva si sciolse e la stazione parve ravvivarsi.

Daniel mosse un passo verso il treno, ma una pesante mano sulla spalla lo fermò.

Era Pancho Villa.

«Sei stato molto in gamba, Daniel Carmin».

Gli occhi del generale erano pozzi neri rischiarati da una luce intensa. Daniel sentì le guance andare a fuoco e il cuore battergli all'impazzata.

«G-grazie».

Con una pacca sulla spalla, Villa lo lasciò e salì sul treno.

Il ragazzo rimase un istante all'ombra del vagone. Poco distante, il controllore e Aceveda parlavano ancora.

Cap. 11

UN MESSAGGIO MISTERIOSO

Johanna attendeva in silenzio. Bierce era al tavolo, con la testa china sul taccuino e la penna che graffiava la carta. Lo scompartimento sembrava un campo di battaglia, con avanzi di cibo nei piatti, una bottiglia di whisky vuota in un angolo, un'altra piena per metà sul tavolo.

Rosario correva in una lenta, ampia curva che tagliava la pianura. Il cielo era grigio, pesante, minacciava pioggia.

Uno scossone, quando le ruote passarono sopra uno scambio, e Johanna barcollò. Si appoggiò con una mano al tavolino e, così facendo, fece tintinnare una tazza di porcellana sul piattino.

«È già difficile scrivere con questo fracasso senza che ti ci metta anche tu, ragazzo».

Sentendosi avvampare, Johanna rispose prima di potersi trattenere.

«E allora mi lasci andare».

La penna si fermò. A Johanna si seccò la gola.

«*Señor*» aggiunse.

L'uomo si voltò sulla sedia e la guardò a occhi stretti.

«Volevo proprio vedere quando ti saresti ribellato».

«Chiedo scusa?»

Bierce accavallò le gambe e si sistemò una piega dei pantaloni.

«Dimmi, Juan, ti consideri messicano o americano?»

«Messicano, *señor*» rispose prontamente Johanna, cercando di ricordare tutto quello che aveva detto.

L'altro sogghignò sotto i baffi curati.

«Sai, dalle mie parti, sono in tanti a credere che voi siate poco coraggiosi. Che siate solo dei poco di buono, come il tizio che abbiamo lasciato giù, legato come un vitello».

«Il ladro?»

«Già. Ne avete tanti sui vostri treni?»

Le mancarono le parole. Fece spallucce.

«Ci sono ladri dappertutto. Sui treni e in città. In Messico, come negli Stati Uniti, mi dicono».

Bierce ridacchiò.

«Oh, è verissimo. I ladri sono ovunque, ma li trovi soprattutto dove ci sono soldi e potere. Anzi... dove c'è potere si ammassano e ronzano proprio come mosche sulla ferita di una vacca. Ecco cos'è il mio Paese, ora, una grassa vacca ferita... piena di insetti, che se la mangiano da fuori e da dentro».

Quelle parole la colpirono. Erano forti, soprattutto dette da un americano.

«E voi? Voi messicani siete solo ladri? Oppure, come si dice dalle mie parti, siete solo un popolo di dormiglioni e di pigri?»

Johanna si guardò le scarpe e si morse un labbro. Non era messicana, ma le stava salendo una voglia di rispondergli per le rime che era fin troppo pericolosa.

«Personalmente la ritengo una fandonia» continuò Bierce. «Ci vuole del fegato a combattere una guerra civile come la vostra, perdiana!»

«Io... io non capisco, *señor*. Che cosa vuole da me?»

Lui si batté su una gamba.

«Dimmi, Juan, cosa ne pensi della *Revolución*?»

Lei spostò gli occhi di lato, guardò fuori dal finestrino.

«Non penso niente, *señor*».

Bierce fece un versaccio e prese il bicchiere.

«Allora non mi servi a un bel niente, proprio come tutti gli altri».

Johanna fece per voltarsi.

«Fermo lì, Juan. Non ho finito, tu mi servi e molto anche. Non sei come gli altri, l'ho capito, sai? È per questo che volevo parlarti e che volevo sentire cosa avessi da dire».

«Sulla Rivoluzione, *señor*?»

Bierce bevve e gli occhi parvero mandare lampi.

«Be',» riprese Johanna prendendo coraggio «io credo che sia giusto che la gente cerchi di vivere meglio che può. E che il governo l'aiuti. Ma se il governo non lo fa, allora non è dalla parte della gente e bisogna scegliere un nuovo governo. Questa è la Rivoluzione? Allora penso che sia giusta».

Bierce parve divertito. Depose il bicchiere e fece schioccare le labbra.

«E queste... sono parole tue o del tuo papà di Città del Messico, Juan?»

«Non ho mai parlato di politica con mio padre, *señor*. Mio padre l'avrebbe detto meglio».

«In realtà sei stato già bravissimo. Volevo vedere quanto tempo ci avresti messo a ribellarti a un comando ingiusto. Per questo ti ho detto di aspettare mentre scrivevo. Per capire come avresti reagito di fronte a un'ingiustizia. Ma vedi, ho sbagliato. Tu sei un ragazzo educato, e il popolo non lo è. Tu sei un ragazzo gentile, ma il popolo, qualunque popolo, non è mai gentile con chi lo tratta male. Sopporta, magari, tiene la testa bassa, certo, ma a un certo punto la rialza e quando questo succede, nei suoi occhi c'è il fuoco. E quel fuoco accende le parole, prima, e le azioni, dopo».

«Perché mi dice queste cose, *señor*?»

«Tu sai chi sono? Chi ero?»

Johanna scosse la testa.

«Be', sono qualcuno che è stanco del suo vecchio mondo e che vuole vedere di nuovo qualcosa di portentoso prima di chiudere gli occhi. E qui, oltre la frontiera, in questo brutale e nobile Messico, finalmente c'è qualcosa per cui valga la pena di vivere, sanguinare e morire. Il tuo Messico si è svegliato, finalmente. Proprio come te. No, non preoccuparti, adesso la smetterò di darti fastidio e ti lascerò andare».

Si guardò in giro e tastò le carte, alla ricerca di qualcosa.

«Posso aiutarla, *señor*?»

«Mi serve il mio libretto rosso, devo rileggere degli appunti. Guarda un po' là, nella mia borsa».

Johanna raggiunse il letto, a cui piedi stava il bagaglio di Bierce e si chinò per aprirlo. All'interno c'erano alcuni dei libri che aveva tirato fuori l'altro giorno, una camicia macchiata di rosso e delle bende srotolate. Erano macchiate di sangue.

«Oh, ma queste...» disse Johanna sollevandone un lembo.

«Lasciale stare!» rispose Bierce con forza. «Mettile via e vattene».

«Non siete malato!» comprese finalmente Johanna. «Siete ferito! Vi serve un dottore? Vado a cercarlo».

Si voltò e fece per mettere mano alla porta.

«No, lascia stare, tu non hai visto niente».

«Il generale saprà cosa fare. Ci fermeremo in qualche posto e...»

«Non ti muovere, *ragazzina*!»

Johanna si immobilizzò. La mano sulla maniglia d'ottone, un brivido lungo la schiena.

Poi si girò a guardare l'uomo.

Bierce era dritto sulla sedia, una mano contro il fianco, gli occhi accesi.

«Sì, mi hai sentita. Credevi davvero di potermela dare a bere con i tuoi modi gentili e il tuo viso carino? Sono vecchio, non certo stupido. Togli la mano dalla maniglia».

Johanna obbedì, ma in cuor suo aveva paura come ne aveva avuta poche altre volte.

«Il generale non ha bisogno di sapere proprio tutto. Villa rischia moltissimo a venire così a nord con pochi uomini. E lo sta facendo per me, per portarmi negli Stati Uniti e farmi curare. Crede che io sia malato. Se sapesse la verità non mi lascerebbe andare e rischierebbe ancora di più. Lo catturerebbero di sicuro e allora addio *Revolución*. E io non voglio essere la sua fine, dopo averlo salvato a Ojinaga».

Lei era immobile a un passo dalla porta. Ora cominciava a capire. La segretezza, i dolori dell'americano, le incertezze tra gli uomini di Villa.

«Io ho un segreto, tu hai un segreto» continuò l'americano. «Torna qui e siediti. Dobbiamo parlare».

Fu allora che il treno si tuffò in una galleria. Il boato dell'aria, il buio improvviso, l'emozione del momento, le fecero paura.

Johanna urlò.

Uno scroscio di pioggia aveva bagnato il deserto, dando da bere a cactus assetati e rocce arroventate da mille soli. Ora l'acqua stava evaporando e il fango si seccava sotto il sole delle cinque. Il vapore saliva da terra in onde biancastre che sembravano draghi e gabbiani in volo.

Johanna era seduta con Chico, sul tetto di uno dei vagoni della seconda classe e Rosario si snodava di fronte a loro come un lento e grasso serpente. La ciminiera sbuffava piano.

«Accidenti, accidenti!» esclamò il valletto portandosi alla bocca una pannocchia rosolata. Addentò i grani di mais mentre faceva ruotare la pannocchia e se ne riempì una boccata. «E poi?»

Johanna guardò l'orizzonte e masticò un singolo chicco di mais.

«Abbiamo parlato» rispose piano.

Sollevò il viso verso l'aria del pomeriggio. I raggi del sole facevano capolino tra le nuvole, grasse e lente come vacche ben pasciute. Sarebbe stato un momento perfetto se non avesse avuto mille cose a cui pensare.

«Mi ha detto che ha capito quando mi ha visto, in piedi di fianco a te. Ha capito subito che ero una femmina e si è incuriosito. Così mi ha scelta. E poi gli è bastato sentirmi parlare per capire che non ero messicana».

«E ti ha anche dato dei soldi! Ti ha fatto fare delle cose per lui».

Johanna annuì.

«Ma perché?»

Lei prese un altro chicco di mais.

«Dice che gli sono sempre piaciuti i misteri. E le avventure. E che per questo segue Villa da quando ha varcato il confine, l'anno scorso, venendo giù dagli Stati Uniti. Si è unito alla Rivoluzione, capisci?»

Chico spalancò gli occhi e, finalmente, mandò giù il boccone.

«No, che non capisco! Era un giornalista famoso, no? Uno scrittore! Aveva una bella casa, bei vestiti, mucchi di soldi e un sacco di cose da mangiare. Ed è venuto qui?»

Lei fece cenno di sì con la testa.

«Ma adesso torna in America. Ce lo porta Villa, che ha un debito con lui. Ma Bierce non vuole, perché dice che c'è qualcosa in atto, un complotto, un tranello. Villa potrebbe cadere in un'imboscata lungo la strada. E se viene preso, o ucciso...»

«Addio Rivoluzione» finì Chico per lei.

«Proprio così. E allora, temendo un tranello per il generale, Bierce mi ha tenuta con sé. Ha citato un proverbio nella mia lingua. Non so se l'avete in Messico, quindi lo dico traducendo le parole, spero che tu mi capisca lo stesso: tieniti vicini gli amici e ancora più vicini i nemici».

«Nemici? Tu saresti un suo nemico?»

«No, ma non poteva saperlo e voleva studiarmi. Però adesso che so il suo segreto...»

«Che è ferito? Ma si vede che non sta bene, dai!»

«Sì, è vero, ma nessuno sa cosa ha davvero». Johanna rosicchiò un po' la pannocchia. «Non devi dirlo a nessuno, eh! Nessuno, giura!»

L'altro la guardò, deglutì facendo andare su e giù il grosso pomo d'Adamo e poi, tutto rosso, si fece una croce sul cuore.

«Ha salvato la vita a Pancho Villa ma è rimasto ferito» spiegò Johanna. «Al termine della battaglia Bierce gli ha detto di stare bene, perché non voleva che si preoccupasse e finisse di conquistare il Nord. Ma ora sta peggiorando. Ha detto al generale di star male e di voler tornare in America, per farsi vedere da medici americani. Ma non pensava che lo portasse di persona. 'Cocciuto peggio di un mulo!', così ha detto parlando del generale».

Chico ridacchiò.

«Ma ora teme che il viaggio possa diventare pericoloso per Villa. Anche il capitano Aceveda ha provato a convincerlo, ma niente. Il generale vuole portare Bierce da un dottore, di persona. Ma dice che ha anche una missione da compiere a nord. Secondo Bierce deve parlare con degli alleati o gente che gli darà altre armi o soldi. Non so».

«E poi...?» Chico aveva finito la pannocchia. Lanciò il torsolo in aria e rimase a guardarlo mentre ricadeva nel fiume.

Il treno lasciò il ponte e tornò lentamente a correre dritto sulle rotaie. Il fumo di Rosario si rialzò verso il cielo, ma non prima che una forte zaffata di polvere di carbone raggiungesse i due ragazzi.

Johanna poteva guardare lungo i tetti di tutto il treno, fino al tender.

Potrei raggiungerlo, per andare a parlare con Carbón, pensò Johanna. *Chissà cosa mi direbbe. Forse mi inviterebbe a restare sulla motrice, con lui e la caldaia, a imparare a portare un treno, per sempre.*

«Che storia incredibile» commentò Chico.

«Già» convenne lei. «Comunque, poi mi ha detto di non dire a nessuno che è ferito. E di andare per la mia strada. Che lui manterrà il segreto se io farò lo stesso, ma che gli piacerebbe conoscere la mia storia».

«La tua storia... accidenti. Che viaggio fantastico!»

Johanna rise, con la faccia verso il cielo e un amico al fianco che rideva ancora più di lei.

Moanos era un grande paese di allevatori, con vasti recinti e molte *hacienda*. All'arrivo del treno era esplosa la consueta festa, con musica e balli.

Johanna era nel vagone postale, dove aveva schiacciato un pisolino in attesa di decidere cosa fare. Ora, affacciandosi sulla predellina, vide Villa che scendeva, assieme ad alcuni dei suoi, tra cui il giovane Rojo e la bella soldatessa.

La porta dell'ultimo vagone della terza classe venne aperta con una chiave e si spalancò. De Domingo era sulla soglia. Dietro di lui c'era la grande sagoma di Luisito Barrana.

«Ah! Sei qui. Come va?» chiese il capotreno.

«Bene, signore, benissimo. Mi sto divertendo» rispose Johanna. Era anche vero, in fondo. In quei pochi giorni aveva vissuto più avventure di quante non gliene fossero capitate da quando era arrivata in Messico.

«Ah, sì?» domandò ancora l'uomo. Avanzò sulla predellina e Barrana lo seguì. L'omone la guardò torvo.

Lei sorrise, dolcemente, con gentilezza, ma l'altro rispose con un grugnito.

Ridacchiando, Johanna tornò con i due nella carrozza postale.

«E i soldati? Non ti stanno dando fastidio?»

«No, signore. Sono tutti molto gentili».

«Capisco». De Domingo si tolse il monocolo e prese a pulirlo con un fazzoletto. «Anche con l'americano? Va tutto bene?»

«Sì, è solo un vecchietto un po' burbero. Comunque non ho problemi con le persone così. Non mi spaventano» rispose lei. «Anzi, spesso hanno un cuore d'oro e... be', sanno anche affezionarsi».

Barrana batté una manona sul tavolo. Poi prese alcuni fogli.

«Eccoli qui» annunciò al capotreno, con un tono seccato. Diede anche un'occhiataccia a Jo, ma lei non si fece intimorire.

De Domingo tornò a guardarla. «Senti, hai visto Chico?»

«No, signore. Forse sarà alla festa, ormai».

«Ah, sì, la festa. Certo. E tu non vai?»

Jo mosse un piede e con la scarpa spostò dei frammenti di legno dal pavimento.

«Qualcosa ti turba?»

Non ce la faceva. Non voleva dirglielo, non ancora, almeno. Bierce non sembrava pericoloso e il fatto che avesse capito che fosse una ragazza... era tutto davvero difficile, Johanna aveva bisogno di riflettere e capire cosa fare.

«No, non vado. Non ho molta voglia di festeggiare. È un viaggio strano, questo, e non vedo l'ora di arrivare a casa. Grazie per avermi fatto lavorare. Il tempo passa prima, così».

De Domingo le sorrise e sul volto si dipinse una ragnatela di piccole rughe.

«Tuo papà è un brav'uomo. Vedrai che andrà tutto bene» le disse con tono gentile. Poi si rimise il monocolo e parve che un incantesimo lo avesse trasformato. Tornò a star dritto con la schiena, quasi impettito e serio. Prese fiato.

«Molto bene» annunciò quindi. «Allora avrei un lavoro per te, visto che Chico non si vede».

«Vado da solo» borbottò Barrana.

«No, signore. Potrebbe esserci qualcosa per El Paso e lei» – De Domingo si schiarì la voce per correggersi – «lui... potrebbe aiutarti. Ma cercate di non farvi vedere. Per tutti, la nostra Johanna è Juan».

La ragazzina guardò l'omone e sorrise. Luisito Barrana ne rimase sorpreso. Per un attimo, un attimo soltanto, a Johanna parve che l'altro stesse per sorriderle a propria volta, ma poi tossì e la voce gli si fece profonda.

«Va bene. Andiamo».

C'era profumo di vaniglia, quella sera a Moanos. Le nuvole si stavano aprendo mentre la luce del sole, a occidente, tingeva tutto di rosso. Barrana camminava in silenzio, pareva sapesse dove andare. Aveva con sé un grosso sacco di iuta, vuoto, e una voluminosa borsa di cuoio a tracolla.

«Io...» cominciò Johanna. «Io, volevo solo dire che...»

«No» tagliò corto l'altro.

«In che senso?»

«Nel senso che non voglio parlare. Non mi interessa».

«Non è molto cortese».

«Non voglio essere cortese, voglio fare il mio lavoro».

Jo tuffò le mani in tasca e camminò in silenzio.

Quando Barrana voltò un angolo e si diresse verso nord, in mezzo a strade più piccole e scure, non era più tanto sicura di cosa volesse dirgli. O di come farlo.

«È solo che mi dispiace».

L'altro sbuffò.

«No, non mi fraintendere. Mi spiace di darti fastidio, ecco. Chico mi ha raccontato. Non volevo disturbare, non volevo, credimi. Non ho chiesto io di viaggiare così!»

Barrana si fermò a guardarla, con una strana espressione in viso. Proprio allora, nei pressi della stazione, l'orchestra di Moanos attaccò una marcia trionfale, con tanto di tamburi. La musica arrivava forte alle orecchie di Johanna.

«Non volevo. E lo so che disturbo, che tutto questo non è regolare, ma io...» La voce le si incrinò all'improvviso.

L'altro voltò un attimo la testa, sembrava stesse per dirle qualcosa.

«Non mi dai fastidio. Non importa. Comunque siamo arrivati. Diamoci da fare».

«Cosa? Come?» domandò la ragazzina incredula. «Cosa hai detto?»

«Che siamo arrivati. Andiamo».

Barrana percorse rapido gli ultimi metri che li separavano dall'ufficio postale e Johanna gli tenne dietro a malapena. Era una piccola casupola di legno, con una porta e due finestre, coperta da un tetto di assi di legno fermate con sassi e pezzi di mattone. Sopra la porta, dipinto in rosso, si leggeva:

SERVICIO POSTAL MEXICANO

Di lato, contro un fianco dell'edificio, una casetta ancora più piccola era attaccata a un palo. Un lungo filo correva dal primo palo verso un altro, alcune centinaia di metri verso la stazione. E poi via, altri pali, collegati con il filo, lungo i binari, in entrambe le direzioni. Era il telegrafo.

«È aperto» disse Johanna guardando la porta dell'ufficio postale.

«Saranno tutti alla festa. Tipico di chi lavora in città, ah!»

«Che facciamo?»

«Ci penso io».

«Ti aiuto» ribatté lei d'istinto.

«No, resta qui. Non mi serve aiuto».

«Ma De Domingo...»

Barrana sbuffò.

«Va bene, se mi serve aiuto per El Paso ti chiamo. Intesi?»

«Intesi» concesse Johanna.

L'uomo entrò e a lei, rimasta fuori nell'aria della sera, arrivavano i suoni e i rumori della festa.

Vide Luisito Barrana muoversi per il piccolo ufficio postale, controllava scaffali, documenti e cassetti. Sceglieva buste, piccoli pacchi e scriveva qualcosa su un foglio, prima di mettersi la posta nel sacco o nella borsa.

L'orchestra smise di suonare e un silenzio spettrale scese su Moanos.

Il vento sussurrò per il paese, mentre alle orecchie di Jo giunsero le risa e il vociare della festa che ormai doveva essere iniziata.

Poi di colpo udì qualcosa d'altro.

Un ticchettio, non regolare, ma veloce. E una voce, secca e asciutta che accompagnava il suono.

Johanna tese le orecchie.

«No, caprone, hai sbagliato!» disse la voce. «Fa' vedere... ecco, lo sapevo. Dobbiamo rifare. Manda subito una rettifica».

Il ticchettio riprese.

«Adesso riproviamo, ti detto il messaggio, cerca di non sbagliare».

La voce e il suono venivano dalla casetta attaccata all'ufficio postale.

«Treno è in arrivo su tratta El Paso, STOP. Proveniente da Santa Rosalia, STOP».

Cosa stava succedendo? Forse era Alvaro che informava la stazione di Città del Messico? Oppure De Domingo che informava i suoi superiori della deviazione?

Un momento!, si disse all'improvviso Johanna. *Ho sentito bene?*

Senza quasi rendersene conto, fece un passo in avanti. E poi un altro, rapita da quanto stava ascoltando.

La voce, quella voce secca e asciutta, la conosceva... ma qualcos'altro la incuriosì.

«In arrivo alla gola di Fuego Loco domani, STOP. State pronti, STOP».

Ciò che l'aveva colpita era che le frasi del messaggio non erano in spagnolo, ma in inglese!

Raggiunse la parete della casupola, una costruzione alta e stretta, in legno levigato dal vento del deserto. Tra le assi si aprivano delle fessure.

Johanna ne scelse una e vi appoggiò un occhio. Spiò all'interno.

A un tavolo era seduto un uomo, un messicano con una visiera di plastica nera e coprimaniche dello stesso colore. Batteva sulla leva in ottone del telegrafo. Di fronte a lui, di spalle, c'era un uomo che non poteva vedere, perché era coperto da altre due figure. Queste, però, le conosceva. Erano due dei rivoluzionari di Pancho Villa: Pancracio e Alejandro.

Johanna si rilassò per un istante.

Ma perché stavano inviando un telegramma in inglese?

Perché chi deve leggerlo è americano, ovviamente!, si rispose mentalmente.

Tornò a guardare. Ora gli uomini all'interno bisbigliavano. E la ragazzina sentì il rumore di monete che venivano messe sul tavolo.

«E tu chi sei? Cosa fai?»

La voce la fece sobbalzare. Johanna arretrò dalla parete e si ritrovò di fronte uno dei rivoluzionari. Era un brutto ceffo, con il volto coperto di corta barba, e braccia lunghe e nervose. Lo conosceva, gli altri lo chiamavano "Chango", la scimmia. Doveva essere uscito dalla porta mentre lei guardava nella fessura.

«Ehi, ho detto a te, non ci senti, forse?»

L'uomo fece una smorfia cattiva.

«Stavi spiando?» Poi la riconobbe. Le sue sopracciglia si alzarono. «Ehi! Ma io so chi sei! Tu...»

«Ci sono problemi?»

Dietro di lei era arrivato Luisito Barrana. L'omone era uscito dall'ufficio postale silenzioso come un'ombra.

«Questo qui ci stava spiando!»

«Non dire sciocchezze. Siamo qui per lavorare» rispose Luisito, facendo un passo in avanti.

Chango arretrò e mise entrambe le mani sui calci delle pistole che teneva infilate nel cinturone, pronto a estrarle.

«Ehi, stai scherzando?» domandò Barrana. E fece cadere a terra il sacco pieno di corrispondenza. Il sacco era così pieno e pesante che fece un rumore sordo come se fosse stato pieno di terra. Chango rimase impressionato e deglutì a vuoto. Anche Johanna rimase colpita dalla forza che doveva avere Luisito nelle braccia. Ma le pistole...

«Che cosa succede, qui?» Ancora la voce secca.

Dietro Chango comparvero gli altri due soldati che erano ancora nella capanna e con loro la figura che Johanna non aveva visto. Era Aceveda, vestito di nero e con il volto tirato, stanco. I baffi color del ferro che pendevano come panni stesi.

«C'è qualche problema?» chiese.

«Se questo qui non toglie subito le mani dalle pistole, ce l'avrà lui, il problema. Al posto del naso» disse Barrana, con voce tranquilla ma profonda.

Chango inghiottì a vuoto.

«Non ce n'è bisogno, calma. Via le mani dalle pistole».

L'ometto scimmia obbedì.

«Ci spiava!» disse puntando un dito verso Johanna. «Ha sentito tutto!»

Ptui! Aceveda sputò nella polvere.

«È così?»

Lei prese il coraggio a due mani.

«Sì, *señor*. Ho sentito il telegrafo e mi chiedevo chi fosse, visto che sono tutti alla festa».

«E voi non ci siete. Come mai?» chiese Aceveda.

«Il capo ci ha mandato a prendere la posta. Ma gli addetti sono alla festa anche loro e allora abbiamo fatto da noi» disse Barrana.

«Io ho sentito il telegrafo e... vi ho visti».

«Hai sentito cosa dicevamo?»

Johanna annuì e il vecchio messicano si rabbuiò in viso.

«Ma non ho capito nulla, *señor*. Era inglese? E lei sembrava arrabbiato».

Aceveda fece un sogghigno e i suoi uomini parvero rilassarsi.

«Esatto, era inglese. Ho parenti, a nord, in Texas. Una vecchia zia malata, che non ha notizie di me da tanto tempo».

«Andiamocene» disse Luisito. E si chinò a raccogliere il sacco. Se lo mise in spalla con un solo e lento movimento ampio, in modo che tutti vedessero quanto pesasse.

«Ci vediamo alla festa, allora» disse Aceveda.

«Certo, *señor*. Buona serata».

Lui e Johanna si voltarono.

Avevano fatto qualche passo quando, dietro di loro, risuonò la voce secca di Aceveda.

«E cerca di non fare il furbo con me, ragazzino!»

Luisito Barrana si girò subito. Johanna, colta di sorpresa, fece ancora qualche passo, poi si arrestò.

«Cosa?» domandò Luisito.

«Niente, niente» disse Aceveda. «Ci vediamo dopo».

I rivoluzionari ridacchiarono come un branco di sciacalli.

I due ripresero a camminare e, solo quando furono lontani, Johanna si concesse di tirare il fiato e aprire i pugni che aveva tenuto stretti in tasca fino a farsi male alle dita. Le tremavano le mani.

Le ci era voluta tutta la freddezza e la forza di volontà di cui era capace per non rispondere. Ma ce l'aveva fatta e così, forse, si era salvata la vita.

Aceveda con quell'ultima battuta si era rivolto a lei in inglese, per assicurarsi che non lo capisse. Voleva farla cadere in trappola!

Cap. 12

I NOMI DELLE STELLE

Johanna guardava le stelle e si godeva la sera. Sedeva su una pietra piatta, sotto un albero, su una collinetta poco lontana dalla stazione. Ogni tanto alle sue orecchie arrivavano risate e musica, ma nemmeno per un istante pensò di unirsi alla festa in paese. Rimase seduta, a guardare in alto. Si ritrovò a ricordare le lunghe ore trascorse con suo papà, quando lui le insegnava a riconoscere le stelle e le costellazioni. E la voce della mamma che li richiamava in casa.

Rinuncerei alla metà di queste stelle per sentire la mamma che mi chiama, pensò con un groppo in gola. *No, a tutte. Tutte quante.*

La lontananza da suo papà era un nodo di tristezza dietro gli occhi, ma la mancanza della mamma era un macigno che le pesava sul cuore. Ora, in mezzo a tutto quel silenzio, il groppo di tristezza tornò a galla, fino a stringerle la gola facendola stare male. Gli occhi le punsero, poi si velarono di lacrime calde.

Prima che una potesse scorrerle lungo la guancia, le fece sparire con il dorso della mano.

Sto arrivando mamma, pensò con decisione. *Vedrai, manca poco e presto sarò da te. E poi arriverà anche papà.*

Stava imparando così tanto in quel viaggio...

Potrei anche arrivare a El Paso guidando io la locomotiva! Sarebbe una bella sorpresa.

Lontano, un coyote levò il proprio richiamo lamentoso e la magia finì.

Non era in un angolo di fiaba, in un racconto né in un sogno. Quello era il mondo reale e lei era solo una ragazzina in una situazione difficile, in viaggio con molte persone pericolose.

Ripensò a Bierce e a quello che era successo. Al segreto della sua ferita, ai pericoli a cui aveva accennato.

Che cosa temeva, quell'uomo strano?

E cosa voleva dire Aceveda con quell'ultima insinuazione?

Era un tranello, si disse. *Per vedere se capivo l'inglese. Cosa avrebbe fatto se mi fossi voltata?*

Non capiva i motivi di tutti quei sotterfugi, quei segreti. E l'ostilità? Che pericolo poteva costituire lei per Aceveda e la causa di Villa?

A meno che...

Luisito mi ha aiutata, considerò. *Avrebbe lottato per me, contro Chango e gli altri. Si sarebbe fatto sparare!*

Improvvisamente stanca, fece un grosso sospiro, poi si sdraiò all'indietro sul masso, intrecciando le dita sotto la testa.

In alto, nel cielo, sfavillavano stelle brillanti come pietre preziose. Le tornò la nostalgia di suo papà e delle notti passate a guardare il cielo. Ricordava bene le sue parole e come le avesse insegnato a riconoscere nomi e figure nel cielo.

«Ecco, la falce del Grande Carro» le aveva detto una notte di tanto tempo prima, con il braccio puntato e l'altra mano sulle sue spalle. Jo poteva sentire ancora la forza e il calore di quel momento. «Prendi le due stelle della punta, riportale in avanti quattro volte. Ecco, vedi quella stellina lì? È la Stella Polare, la regina del cielo. E tutte le altre, anche le più belle, sono costrette a ballare intorno a lei, per sempre».

Jo seguì le istruzioni anche ora che era sola. Ed eccola, la stellina. Vide la forma del Piccolo Carro, di cui faceva parte la Polare.

Da lì in poi, il resto era facile. Ecco la grande "W" di Cassiopea...

Un rumore, un fruscio improvviso nell'erba, e Johanna si rizzò a sedere.

«Chi è?» chiese temendo di udire il verso del coyote.

Ma non furono gli occhi del predatore ad accendersi nel buio.

Le braci di un sigaro sfavillarono rosse come un piccolo sole, rischiarando i contorni di un sombrero e di un viso forte, che sembrava scolpito nel legno. Occhi vigili, baffoni folti, un sorriso in un muso da mastino. E poi una voce.

«Solo Pancho Villa, ragazzo. Stai buono e torna a sdraiarti. Non volevo disturbarti».

Johanna rimase seduta.

«Ti spiace se mi metto qui anche io, un po'? C'è troppo chiasso, là in fondo».

«No, prego».

Villa si sedette nell'erba. Trasse un'altra boccata dal sigaro e soffiò il fumo in aria.

«Che serata...» commentò. «Si sente ancora il profumo della pioggia, ma il cielo è terso come una notte d'estate».

«E si vedono tutte le stelle» disse piano la ragazzina.

«Ah, sì, le stelle. Ti piacciono?»

«Sì, *señor*».

Rimasero in silenzio un istante.

«Una volta le conoscevo tutte e parlavo con loro» commentò Villa. «Una volta passavo molte notti nel deserto, a guardare il cielo. Sapevo i loro nomi, ma erano quelli che mi avevano sussurrato loro, non quelli che leggi sui libri. Tu sai leggere?»

«Sì, generale. Un po'».

«Bravo, è importante. Non smettere mai, o la tua testa diventerà arida come la Sierra Grande a luglio e varrà meno di un secchio di sabbia».

Johanna rise.

«E conosci anche le costellazioni?»

«Qualcuna. Ecco... quella è Cassiopea» gli spiegò puntando la mano come aveva fatto con lei suo padre, cento anni prima. «Vede? Quella grande "W"».

«Ah, sì. La signora sulla sedia».

«Sì, esatto! E quelle... quelle tre, le vede? Quelle sono la

Cintura di Orione. Ecco, là le spalle, la testa, il braccio alzato. Là, vicino al suo ginocchio, c'è Sirio. Quella stella luminosa».

«La vedo. Sei molto bravo. Come chiami quelle stelline là, quel gruppetto che sembra un grappolo di diamanti?»

Johanna le conosceva molto bene. Suo papà gliele aveva mostrate.

«Sono le Pleiadi, *señor*».

«Dalle mie parti si chiamano Chioccia e pulcini. Ho conosciuto un indiano Waco una volta, mi ha detto che nel suo popolo c'è l'usanza di guardarle per capire quanto uno veda bene. Più stelle uno vede in quel gruppo, più la sua vista è acuta».

La ragazzina era affascinata, era bello parlare con qualcuno di stelle e cieli, finalmente.

«Mio papà una volta mi ha detto che un popolo antico faceva qualcosa di simile ma con... ecco, con quelle stelle lì. Nel Carro, le vede? La chiamano anche Orsa Maggiore. Sembra un pentolino, vero? Ecco, nel manico, proprio a metà... quante stelle vede?

«Una, no: due! Ma l'altra è proprio piccola».

«Esatto. C'era questo antico popolo, ai tempi di Abramo o Mosè, mi pare. E il re prendeva come arcieri della sua guardia solo chi poteva vedere due stelle».

Villa rimase in silenzio, ma Johanna lo sentì ridere sotto voce.

«E vede quella grossa "V"? Quella è la testa del Toro».

«Ah, il Toro! Questa la conosco! Ed eccola lì, quella stella rossa. Quella è Aldebaràn!»

«Esatto, *señor*!»

«Fiammeggiante come il cuore di mia moglie e fredda come una *señorita* che abbia ricevuto un rifiuto. Avevo un cavallo che si chiamava così: Aldebaràn. Era focoso e matto, ma aveva un gran cuore coraggioso. Era bello, bellissimo, con il petto di un bisonte». Villa si batté una mano sul torace. Ne trasse un suono forte, caldo. «E quando ti guardava, in quell'occhio non sapevi mai cosa stesse passando».

«Mi piacerebbe vederlo».

«È morto».

«Oh no. Mi spiace».

«Già. Molti di quelli che conoscevo sono morti». Lo sentì aspirare e poi soffiare il fumo, mentre faceva una pausa. «Sei un ragazzo speciale, Juan».

Lei si voltò a guardarlo. Teneva il sigaro tra i denti e le braci ardevano. Sembrava una statua o una figura uscita da un libro.

«*Señor*, io...»

Lui alzò una mano.

«Non dirmi niente. Pancho Villa sa valutare le persone. Non voglio sapere nulla, adesso. Forse un giorno mi dirai qualcosa. Ho parlato con Ambrose, il mio *hermano*».

«E cosa...?»

«Ambrose è una persona strana. Di valore. Un grande giornalista, nel suo Paese. Un grande scrittore. Hai mai letto i suoi libri? Io sì. Ti piacerebbero, credo. Alcuni, almeno. C'è sangue, odio, forza e coraggio. C'è libertà e ribellione, perché è critico con le cose che chiedono obbedienza. C'è sapienza in quello che scrive. Ha conosciuto la vita di campagna e l'ha detestata. Ha conosciuto la guerra e l'ha odiata. Eppure è qui con noi, è venuto qui a combattere la nostra guerra, per la nostra gente, per la nostra terra, con Pancho Villa. Gli devo molto».

Il generale gettò il sigaro a terra e lo spense con il tacco dello stivale. Poi riprese a parlare.

«Ambrose dice che anche tu vali, che sei molto capace, e potresti fare cose speciali. Lo so cosa stai pensando, ma aspetta. Vedi, io ho montato un cavallo con il nome di una stella, ma me l'hanno ammazzato. Non è servito a molto essere a capo di un'armata, è morto lo stesso, come sono morti un sacco di soldati valorosi. A volte è sufficiente essere solo un aiutante, al momento giusto, con la persona giusta. Ecco, è questo che ti sta chiedendo Pancho Villa. Occupati del mio amico, del mio *hermano gringo*. E farai un grande servizio. A Pancho Villa, ad Ambrose, a tutto il Messico».

Johanna rimase in silenzio per un po'.

«Generale...»

«Cosa?»

La ragazzina avrebbe voluto chiedergli degli americani, dei suoi rapporti con loro, per capire se per caso Aceveda potesse aver mandato un telegramma a loro per conto di Villa. Ma Aceveda le aveva raccontato di un messaggio a una zia. Forse aveva voluto coprire un messaggio altrimenti segreto.

Come avrebbe visto Villa una simile domanda se Aceveda avesse agito per conto suo? Si morse un labbro e cambiò idea e argomento.

«Non è pericoloso portare una ragazza come la *soldadera* in questa missione?»

Villa scoppiò in una risata fragorosa.

«Bravo, Juan!» gli disse ridendo. «Sveglio e galante, un vero gentiluomo messicano, eh? Non preoccuparti per Valentina Azul. La missione è pericolosa, certo, ma lei è un diavolo con la gonna, se mai ne è esistito uno. E se posso permettermi un consiglio... Non stare a guardarla troppo. Credo che tra lei e Rojo ci sia del tenero. Non vorrei che il ragazzo decidesse che sei un rivale e ti aprisse un buco in pancia!»

Villa concluse la frase con una bella risata e Johanna rimase senza parole.

Il suo silenzio dovette bastare, al generale, perché si allontanò verso il paese.

Il coyote gridò ancora, lontano a settentrione. E nel vento che gli rispose Johanna sentì dita gelide.

A notte fonda, quando ormai la festa era finita, tornò verso il treno.

La caldaia era stata riempita. Il tender era stato rifornito di carbone. Dalla motrice provenivano colpi di martello. Carbón stava lavorando. Johanna avrebbe voluto andare da lui, dirgli di lanciare Rosario il più veloce possibile, in direzione di El Paso e portarla dalla mamma. Voleva lasciarsi dietro tutto. I rivoluzionari, le stelle, i sospetti. Ma sentiva che era suo dovere avvisare almeno De Domingo che al passo Fuego Loco sarebbe successo qualcosa, fosse anche l'arrivo di qualche altro soldato.

Raggiunse il vagone della prima classe e vide che la porta era aperta. Il capotreno era proprio lì, in piedi nel corridoio, voltato verso l'interno. Stava parlando con qualcuno.

Si avvicinò e salì gli alti gradini.

«Ah, Juan!» la salutò il capotreno. Un bagliore si riflesse sul monocolo, una luce quasi sinistra.

«Signore, devo dirle una cosa» annunciò Johanna finendo di salire e trovandosi nel corridoio. «Presto arriveremo a Fuego Loco, vero?»

Ptui! Il verso dello sputo giunse secco e chiaro nel silenzio di quella notte di primavera.

Pteng!, rintoccò la sputacchiera centrata.

«Proprio così» le rispose De Domingo, rigido e in piedi. «Me ne stava parlando proprio il capitano, qui».

Aceveda sorrideva con aria beffarda.

«Ragazzo in gamba, questo Juan. Molto in gamba» commentò il capitano con voce brusca. «Qual è il cognome?»

I due si guardarono senza rispondere.

«Allora?»

Johanna fece per aprire bocca, quando dall'interno del vagone si sentì una voce che chiamava.

«Juan! Ragazzo! Che il diavolo ti porti, dove ti sei cacciato?» Era Bierce, che gridava dal suo scompartimento. «Sei qui, ragazzo della malora? Datti una mossa, non posso mica attendere tutta notte!»

«Sì, eccomi, arrivo!» disse Jo, cogliendo la palla al balzo. «Scusatemi...»

Superò i due e vide la porta di Bierce che si apriva.

«Alla buon'ora, ragazzo! Ho chiesto di te a tutti, sono ore che ti cerco! È così che lavori? Entra, svelto!»

Johanna non sapeva se essere felice o triste. L'americano la fece entrare e poi richiuse la porta. Rimasero in piedi dietro il battente, lei si guardò le scarpe. Dopo poco si udì una conversazione sommessa e poi il rumore degli stivali con speroni di Aceveda che passavano davanti alla porta per poi proseguire.

Bierce si voltò e le diede un piccolo scappellotto. Poi, a fatica, raggiunse il letto, dove sedette pesantemente. Raccolse un pettine e prese a sistemarsi i capelli.

«Eccomi, *señor*, mi scusi» disse rassegnata, aspettandosi una sfuriata.

L'altro, invece, ridacchiò.

«Non ho nulla da chiederti. Sono a posto, per stasera. Però avevo capito che eri in difficoltà, là fuori».

Jo lo guardò in viso e sentì il sollievo scaldarle il petto. L'aveva aiutata di proposito!

«Grazie! È una giornata molto difficile. Il fatto è che il capitano...»

«Ah... *il capitano*» fece l'altro.

Johanna sentiva di essere al centro di un mistero. E non le piaceva.

Pancho Villa, il capitano Aceveda, Ambrose Bierce: di chi posso fidarmi e cosa posso o devo fare?

«Sta succedendo qualcosa di grosso» spiegò l'americano. «E di molto importante. Io sono troppo vecchio e troppo ferito per riuscire a farne parte. Tu, invece, ti ci trovi in mezzo, trasportata da questo treno verso qualcosa di incredibile e non puoi far nulla per impedirlo».

Jo deglutì.

«Una cosa è certa, questa sarà una storia che varrà la pena raccontare e io non me la devo perdere. Vedi, è questo che io ho sempre cercato nella mia vita. Storie. Storie importanti, che fanno scorrere il sangue nelle vene, che fanno andare di corsa il cuore. Vivo letteralmente per le storie. E per fortuna sono queste storie che mi tengono in vita. Io non riuscirò a prendere parte a questa, ma forse, se sarò fortunato, potrò ascoltarla dalla voce di chi la vivrà. Dalla tua. Se vorrai parlarmene».

Forse... in questo momento così strano, mentre tutto impazzisce, forse ho trovato un nuovo amico, realizzò all'improvviso Johanna.

Vide la borsa con le bende insanguinate. Notò le rughe profonde sul volto dell'uomo, il tavolino ingombro di libri, penne e appunti, e prese una decisione.

«Devo dirle una cosa» annunciò togliendosi il cappello. I codini le ricaddero sulle spalle e fu come se si togliesse di dosso un gran peso.

«Il mio nome è Johanna Laureen Pearson e sono stata spedita come una lettera».

Cap. 13

SI SPALANCANO LE PORTE

Con il portello tagliafuoco aperto, il forno di Rosario sembrava la porta dell'inferno. Lo sguardo di Johanna corse sulla griglia di metallo arroventata, si perse tra le lingue di fiamma e sfiorò le forme spigolose dei carboni ardenti.

«Devi fare in fretta, o l'aria abbassa la temperatura» l'avvisò Carbón, una mano sul regolatore di velocità e l'altra sul comando di chiusura del forno.

Lei spinse la pala in avanti, battendola contro il bordo inferiore del boccaporto e lasciò volare il carbone che aveva raccolto. Una buona parte entrò nel forno e cadde sulla griglia, in un mucchietto nero; alcuni pezzi, però, urtarono il bordo e rimbalzarono sul pavimento della cabina.

Justin, poco distante, scosse il capo e rise.

«No, così non va. Più polso».

«Che vuol dire "più polso"?» domandò Johanna. Prese un'altra palata di carbone e si avvicinò. Era un lavoro massacrante, le faceva male la schiena e i muscoli delle braccia protestavano.

«Significa "più polso"!» ripeté Justin, con il suo accento

che inspessiva le "esse". Fece un movimento rapido con le braccia, ma lei non capì.

Provò a imitare il gesto e lanciò il carbone nel forno, battendo di nuovo la pala. Questa volta entrò tutto, ma i pezzi neri caddero in un mucchietto spesso.

«No, non va bene» le disse Carbón. «Vedi, se fai così, si ammucchia. E brucia poco e male. Se invece dai un colpetto, non sei tu a lanciare il carbone, è lui che se ne va. E si dispone a ferro di cavallo. Più alto ai lati e in fondo. Falle vedere, Justin».

Il fuochista dalla pelle scura le prese la pala dalle mani come se si vergognasse, poi andò al cumulo del carbone e la riempì. Con passo sciolto raggiunse il forno, che Carbón aprì apposta per lui e fece fare alla pala uno strano guizzo. Il gesto terminò con un colpo secco. Il carbone parve alzarsi in volo come uno sciame di grosse mosche nere, aprendosi a raggiera sulla griglia.

Johanna si chinò a guardare e...

«È incredibile! Si è sparso tutt'intorno, come hai fatto?»

Justin ridacchiò. Si voltò, riempì la pala, la spinse nel forno e picchiò. Un altro semicerchio.

«Più polso» si limitò a dire. «Senti la pala, falla ballare».

Carbón richiuse il tagliafuoco.

«Più polso» le confermò anche lui. Poi il macchinista e il fuochista fecero spallucce.

Justin la guardò attentamente e lei si sentì a disagio.

«Che c'è?»

«Forse usi il braccio sbagliato. Forse sei mancina».

«No, impossibile, faccio tutto con la destra!»

Justin sollevò le spalle.

«Vedi, magari non sei tagliata per questo» spiegò Carbón. «Non tutti possono fare bene il fuochista, non è per niente facile. Non basta essere forti e usare la pala. Bisogna sapere molte cose. Ci vuole tempo ed esperienza».

Poi il macchinista richiuse lo sportello tagliafuoco e il fuochista appese la pala a un gancio.

«Vieni, dai. Te la cavi meglio a guidare» la invitò Carbón.

Jo non se lo fece ripetere due volte e fecero cambio di posto. Guardò i comandi: ormai li conosceva quasi tutti.

Mise una mano sul regolatore di velocità, poi lesse la pressione della caldaia e controllò la quantità d'acqua. Senza bisogno di cercarlo con gli occhi, trovò il comando per il fischio della locomotiva e l'azionò.

Rosario lanciò nel vento il suo richiamo acuto: *TU-TUUU!*

Con la pressione regolata, Johanna si appoggiò con un gomito al bordo del parapetto e guardò fuori.

Non aveva mai viaggiato così, prima di quell'avventura. Ma ora sapeva che non avrebbe più potuto farne a meno. L'aria in faccia, il naso nel vento, il fumo che odorava di carbone e ferro. Non era farsi portare dal treno, era muoversi come se fosse lei stessa il treno, come se fosse lei a scegliere il percorso. Era "vivere" decidendo come farlo. Era come prendere la vita nelle proprie mani.

Sospirò guardando l'alba che accendeva il Messico. Rocce

rosa e praterie ingiallite, cactus secchi e duri che sfilavano via veloci come il vento. Una mandria che guadava piano un torrente: centinaia di capi con gli uomini sui cavalli.

Verranno dal Texas?, si chiese. *Forse sì, forse sono la prima cosa vicina alla mia mamma che vedo da molto tempo. La prima cosa che sa di casa da quando ho lasciato papà.*

La nostalgia della sua famiglia era sempre dietro il prossimo pensiero. Alla partenza aveva abbracciato Miss Petunia, ma ora non le bastava più.

Ogni metro mi cambia e anche ogni pala di carbone. La mamma saprà riconoscermi? Non con questa giacca e tutta sporca di fuliggine…

Fu in quel momento che si rese conto dello scorrere del tempo e sentì che il viaggio era davvero sul punto di finire. Era come stare su un grande orologio, che correva e correva. Ogni colpo delle ruote sulle rotaie era lo scatto della lancetta, un ticchettio.

Tu-tum, tu-tum! Tu-tum, tu-tum! Tu-tum, tu-tum!

Ogni secondo era scandito dalla corsa veloce dei pali ai lati della ferrovia. Lunghi pali scuri che avevano accompagnato il treno fin da Città del Messico, con i loro fili del telegrafo che tagliavano il cielo.

Un brivido lungo la schiena. *Il telegrafo!*

«Quanto manca alla gola di Fuego Loco?»

Carbón diede un'occhiata fuori e poi prese il suo grosso orologio da tasca, facendo scattare il coperchio a molla.

«Ah, ci siamo quasi. Alcune ore, ma ormai siamo vicini.

Abbiamo perso tempo, ieri, purtroppo. Questa deviazione non ci voleva».

Era giusto che De Domingo, o Villa, o anche entrambi sapessero. Poi che decidessero loro, ma lei non poteva tenersi quest'informazione per sé.

«Ehi, che succede? Sei tutta bianca sotto la polvere sulle guance, tutto a posto?»

«Sì. No. Mi sono ricordata di una cosa. Devo andare».

«E dove vorresti andare? Non puoi passare dal tender alle carrozze. E anche se riuscissi, poi non potresti attraversare il treno. O ti hanno dato una chiave, Juan?»

Carbón l'aveva volutamente chiamata con il nome del suo travestimento. Era vero, Chico gliel'aveva anche detto. Non poteva passare da un vagone all'altro senza la chiave per aprire le porte e Villa e De Domingo potevano essere ovunque. Avrebbe dovuto aspettare la prossima stazione per andare a cercarli.

«Che succede?»

«Una cosa importante» rispose Johanna. Doveva dirlo a qualcuno e quindi scelse di confidarsi con il macchinista. «Ho sentito uno degli uomini di Villa mandare un telegramma a qualcuno. Parlava di Fuego Loco, come se fosse un appuntamento».

«Forse ne saliranno altri a bordo. Che c'è di strano?»

«Sì, può essere, ma il messaggio era in inglese».

«Altri americani? Amici del Vecchio gringo?»

Jo si morse un labbro.

«Non credo. Non ha amici. Ha lasciato tutto dietro di sé quando è partito. Me l'ha detto questa notte».

«Eri da lui? Per questo sei arrivata così presto, prima dell'alba, oggi?»

«Gli ho detto tutto».

«Non sei stata imprudente? Il capo aveva detto...»

«Sì, lo so. Ma lui, Bierce, aveva capito che non sono un maschio».

«E cosa voleva, allora?»

«La mia storia. In cambio del mio silenzio su un suo segreto. Si è fatto raccontare tutto. Da prima della mia partenza, al momento in cui abbiamo parlato».

«Non solo preghiere in fila, sulla mia Rosario, vedi? Anche segreti e misteri, adesso. I viaggiatori si affidano a Rosario per essere portati dove vogliono o dove hanno bisogno. Alcuni viaggiano con preghiere nel cuore, altri con segreti».

«Devo parlare con qualcuno» insistette lei. «Con Villa, oppure con il vecchio. Forse proprio con tutti e due».

«Dovrai aspettare la prossima stazione».

Jo si tolse il berretto e si asciugò il sudore sulla fronte.

«E quanto manca?»

Il macchinista le sorrise.

«Possiamo arrivare prima se proviamo a recuperare il ritardo e correre un po'. Te la senti? Facciamo crescere la pressione e diamo a Rosario una buona colazione. Vedrai che la mia vecchia Rosa correrà come il vento».

«Come il tempo» rispose lei saltando giù dallo sgabello.

Si rimise il cappello e prese la pala dal gancio.

«Posso riprovare?»

Per tutta risposta, Carbón le spalancò il boccaporto e il ruggito delle fiamme nel forno divorò ogni preoccupazione.

Almeno per un po'.

Rosario entrò a Kimene sbuffando e fischiando, mentre l'intera cittadina riunita l'accoglieva con trombe, chitarre e canti. Kimene era un grosso paese al limitare del deserto, l'ultima grande fermata, per importanza, del Texas.

Appena il treno si fermò e Alvaro aprì le porte, la folla esplose in grida e applausi e la musica si alzò di nuovo nel cielo del mattino.

Johanna, la giacca in ordine e il cappello sul viso, scese dalla locomotiva con un salto. Le facevano male le spalle e le mani per aver usato tanto la pala, ma si sentiva eccitata. Le pareva quasi di sentire il vento del Texas, anche il cielo sembrava diverso. L'aria era elettrica e profumava di *tortilla*, fagioli e spezie. E carbone bruciato. Un odore che ormai, ne era certa, avrebbe avuto per sempre addosso.

Si ritrovò in un turbinio di braccia, volti, tessuti colorati e abbracci. Dal treno scendevano molte persone, ma molte di più erano riunite a Kimene per accoglierle e salutarle. Salì svelta sul vagone di prima classe e vide che nel corridoio si muoveva un passeggero, che andava verso l'altra porta, in fondo alla carrozza. La porta dello scompartimento di Bierce era chiusa, ovviamente, ma appoggiato al finestrino c'era uno degli uomini di Villa: baffetti corti ai lati della bocca, un mezzo sigaro spento tra le labbra. L'uomo aveva il sombrero dietro la schiena e si stava pulendo la pistola con un fazzoletto.

«Che vuoi?» le chiese sgarbatamente.

Lei non si lasciò intimorire.

«Devo parlare con il *señor* Bierce».

«Non può, è impegnato».

«Io posso entrare, me l'ha sempre detto».

«Non questa volta, smamma» l'uomo rinfoderò la pistola con gesto sicuro e incrociò le braccia sul petto.

Dallo scompartimento di Bierce provenivano delle voci. A Jo parve di riconoscerne una.

«È il generale?»

«Proprio così» rispose l'altro con un ghigno. «Sta parlando con il capitano e il Vecchio gringo. E ora, fila via o le prendi».

Jo si morse un labbro. Non le restava che cercare il capotreno.

Non disse nulla e superò l'uomo, raggiunse la porta in fondo alla carrozza e si affacciò.

Buona parte dei passeggeri scesi si stava allontanando. Carbón non le aveva parlato di rifornimenti di acqua o combustibile, quindi era chiaro che si sarebbero fermati solo per poco tempo. A terra vide Chico, all'altezza della terza classe, che aiutava un uomo a trasportare le proprie valigie fino a un carretto. Più vicino, la *soldadera* stava discutendo con il soldato dalle braccia simili a quelle di una scimmia che Jo aveva visto a Moanos. Lei aveva una pesante borsa di stoffa rossa vicino ai piedi e si teneva stretta una logora giacca da uomo. Anzi, i due stavano proprio litigando. Vide l'uomo puntare un dito contro la spalla della ragazza e spingere. Valentina lo affrontò ringhiandogli qualcosa.

Jo avrebbe voluto intervenire.

La ragazza le era simpatica, l'aveva sempre trattata bene ed era forse il volto più amichevole tra tutti i rivoluzionari. Gli altri uomini di Villa erano poco distanti. Alcuni parlavano, ecco il ragazzo con la chitarra che girava sempre intorno a Valentina; altri invece...

Sembrano di guardia!

Johanna vide due soldati appostati a terra, nei pressi del treno: controllavano chi scendeva. Parevano tesi, pronti a scattare.

La situazione non le piaceva per niente. E De Domingo non si vedeva.

Risuonò uno schiaffo. Forte, secco. E la stazione di Kimene si azzittì per un istante.

Valentina aveva appena colpito il soldato con cui stava parlando. Questi era arretrato e le ringhiò qualcosa, per poi sputare per terra. Johanna vide il soldato tornare a grandi passi verso il treno e la ragazza stringersi le braccia intorno al petto.

Era bella e a Johanna parve anche molto triste. Il vento della mattina le muoveva la gonna in onde lente e i capelli neri le velavano il viso.

Quasi senza rendersene conto, Jo scese dal treno e fu allora che Valentina la guardò.

E le si avvicinò.

«*Señorita*, serve aiuto?» domandò recitando la parte di Juan l'aiutante.

Lei sorrise dolcemente, poi le prese una mano. Si allontanarono di qualche passo. La borsa rossa pareva pesante.

«Le porto la borsa?»

«Sei molto gentile, ma non è necessario».

Si guardarono e a Jo non piacque quello che vide negli occhi dell'altra. C'erano le lacrime, subito dietro lo sguardo, pronte a sgorgare. Ma anche una strana e rabbiosa determinazione.

«Non tornare su» riuscì a dire piano la *soldadera*.

«Sul treno?»

L'altra annuì.

«Ma non posso, io devo tornare, io...»

«È pericoloso».

A Johanna si seccò la bocca.

«Sta per succedere qualcosa» disse ancora Valentina.

«Non capisci, io devo essere su quel treno, devo tornare».

«Hai ragione, io non capisco. Non so chi tu sia davvero, ma credimi, sarà pericoloso».

Jo era frastornata. Il suo travestimento non funzionava. Anche la *soldadera* l'aveva scoperta... com'era possibile?

L'altra rise dolcemente. Pareva averle letto nel pensiero.

«Una donna sa riconoscerne un'altra. E poi... le tue mani. Non sono callose come quelle dell'altro valletto».

Valentina le prese una mano e la tenne rivolta verso l'alto. Le passò un dito sul palmo.

«Anche se adesso dei calli ci sono e sono sporche».

Johanna la ritrasse subito.

«Scusa, volevo dire che sono le mani di qualcuno che ha lavorato. Non c'è niente di cui vergognarsi dello sporco del lavoro, mai. Ma quando ci siamo incontrate, l'altro giorno... erano le mani di una ragazzina che non aveva mai fatto lavori pesanti».

Jo abbassò il capo e guardò nella polvere.

«Mi chiamo Johanna» confessò con un forte senso di liberazione. «Sto tornando a casa da mia mamma, a El Paso».

Lo sguardo dell'altra si addolcì ancora.

«Non salire a bordo, Johanna. Sta per succedere qualcosa di brutto. Villa vuole scendere alla stazione di Esperanza, ma prima che il treno ci arrivi succederà qualcosa. Prendi il prossimo treno. Se mai passerà».

Poi si voltò di colpo e guardò verso le rotaie.

«Devo andare» le disse già con la mente lontana.

La ragazzina non rispose. Vide la *soldadera* sollevare la borsa e avviarsi rapidamente verso il vagone.

Johanna raggiunse Chico, a terra, a metà della terza classe. Il ragazzo, dopo aver aiutato un viaggiatore con i suoi bagagli, si stava mettendo in tasca alcune monete.

«Ehi!» la salutò lui. «Che viaggio! Non ho mai guadagnato tanto».

Lei gli sorrise, ma senza allegria.

«Che succede?»

«Non lo so» rispose Johanna. «Ho parlato con la ragazza, sai... la soldatessa».

«Ah. È proprio bella, vero?» Chico sollevò gli occhi al cielo, con espressione sognante.

«Sì, certo, ma mi ha detto qualcosa di strano».

«Cosa?»

«Di restare a terra».

Il valletto spalancò gli occhi.

«In che senso?» Si mise le mani in tasca fissando il suolo. «Ci lascerai?»

«Certo che no! Come ci arrivo da mia mamma?»

«Meno male!»

«Però lei era preoccupata. Mi ha detto che sta per succedere qualcosa e che è meglio se io non sarò sul treno».

«Non capisco, qualcosa che riguarda te? Voglio dire, tuo padre e il fatto che ti ha spedita?»

Johanna si morse un labbro e pensò per qualche istante.

«No, non credo. Ma stiamo per arrivare alla gola di Fuego Loco e... Accidenti! Senti, dov'è il vecchio? Devo assolutamente parlargli».

«Era qui con il sindaco di questo posto. Avresti dovuto vederlo, che tipo incredibile! Ha un doppio mento grossissimo e parlava tutto agitato e la gola gli ballava. Ed era anche sudato. Perché non si aspettava che il treno arrivasse a quest'ora e...»

«Ma quindi non è qui in giro?»

«Eh, no. A un certo punto è arrivato uno degli uomini del generale. Gli ha detto che Villa voleva vederlo, nello scompartimento del gringo, e sono saliti».

«Già... Devo avvisarlo di quello che mi ha detto Valentina».

«Sì, va bene, ma cosa significa?»

«Non lo so, Chico. Ma ho paura. Forse a Fuego Loco salirà della gente che non le piace. E potrebbero esserci guai. Per questo mi ha detto di restare a terra».

«Accidenti, guai di che tipo? Spareranno?»

Johanna sporse le labbra e alzò le spalle.

«E io come faccio a saperlo?»

«Dobbiamo scoprirlo. Hai visto dove è andata?»

Johanna indicò i vagoni della seconda classe.

«È salita lì».

Fu allora che nell'aria si levò il fischio del capotreno. Chico e Johanna si voltarono verso la locomotiva. De Domingo era in piedi sui gradini del vagone di prima classe, e stava facendo un cenno a Carbón. Rosario rispose al fischietto con il proprio fischio, più lungo e potente.

«Devo salire» annunciò Chico. «Stiamo partendo. Tu... tu vieni?»

«Certo».

I due salirono sul vagone di terza classe. Era ormai quasi

del tutto vuoto, con solo un paio di viaggiatori sulle panche di legno. Uno era un contadino, che reggeva grandi ceste di vimini intrecciati. L'altro, in fondo al vagone, doveva essere un mercante di tessuti. Aveva aperto due grossi bauli e stava controllando la merce, srotolando le stoffe e stendendole sulle panche. Un altro fischio e, mentre Chico chiudeva la porta, il treno cominciò a muoversi.

«Senti, c'è poca gente» disse Johanna. «Andiamo a cercare Valentina?»

Chico si tolse le chiavi di tasca.

Le case scomparvero e il treno corse nel deserto. Una distesa di terra e rocce, cespugli spinosi e cactus, con solo le montagne lontane a interrompere l'orizzonte, sotto un cielo velato di bianco.

Chico e Johanna dovettero aiutare un anziano contadino, il sacco in cui portava i suoi vestiti si era rovesciato quando il treno era passato sopra uno scambio.

Quando ebbero finito, raggiunsero la porta del vagone e il valletto l'aprì con la sua chiave. Attraversarono il varco tra le due carrozze. Chico aprì la nuova porta e i due entrarono nel secondo vagone della terza classe dove c'erano altri viaggiatori: una coppia avanti negli anni, tre contadini, una famiglia in viaggio e la donna anziana che aveva regalato a Johanna le arance.

Sembrava passato così tanto tempo e invece erano trascorsi appena alcuni giorni.

Valentina non si vedeva. E nemmeno nessun altro degli uomini di Villa.

«Dov'è salita, te lo ricordi?» chiese Chico.

«No, mi pare su un vagone di seconda, ma non saprei. Se vediamo il ragazzo, Carmin, potremmo chiedergli se sa dov'è».

Chico rise.

«Sì, di sicuro. Non la perde mai di vista, eh?»

«Magari sa anche a cosa si riferiva» suggerì Johanna nervosa.

Il percorso seguito dal treno fece una curva, ampia e veloce, e i due ragazzi dovettero rallentare il passo e appoggiarsi alle panche di legno.

Le ruote del treno passarono rumorosamente sulle giunzioni di uno scambio e le vibrazioni si fecero sentire attraverso il pavimento. Si udirono alcuni colpi sordi e lontani.

Chico si fermò di colpo.

«Hai sentito?» le chiese voltandosi.

«No, cosa?»

Un altro colpo, ovattato. E poi altri due, uno dopo l'altro. Secchi, forti. Non erano gli urti delle ruote sugli scambi, non di nuovo. E ai colpi seguirono... urla. Qualcuno gridava, forse nel vagone davanti a quello dove si trovavano.

«Che succede?» domandò uno dei viaggiatori.

«Sono spari?» intervenne il vecchio stringendo la moglie in un abbraccio tremante.

Johanna scorse nel volto di Chico la paura.

Oddio, sparano!

«L'avvertimento di Valentina» mormorò.

«Presto, tutti indietro!» gridò Chico.

I viaggiatori si spaventarono. Le donne gridarono. Alcuni si alzarono, domandando a gran voce cosa stesse succedendo. La vecchina prese due arance dalla borsa.

«Che facciamo?» chiese Jo. Poi si sentì toccare su un braccio. La donna anziana le stava porgendo un frutto. «No, grazie, nonna. Non ora».

L'altra le fece un sorriso sdentato.

«Andiamocene, torniamo indietro» le rispose Chico.

Raggiunsero la porta da cui erano passati poco prima e il ragazzo fece per aprirla. Johanna guardò in fondo al vagone. I passeggeri erano spaventati, ma alcuni si stavano apprestando a seguirli. E poi, dall'altra parte della carrozza, in direzione della testa del treno, la porta di comunicazione tra i vagoni si aprì.

Johanna si aspettava di vedere Alvaro, o De Domingo. Magari Luisito Barrana. Qualcuno del personale del treno. Quello che di sicuro non si aspettava, fu di vedere invece uno dei rivoluzionari di Pancho Villa, un brutto ceffo dal volto sfregiato, con la chiave del treno in una mano e la pistola nell'altra. Aveva sentito il suo nome dagli altri, che lo chiamavano Paco.

«Fermi tutti, gente! Abbiamo preso il controllo del treno!» gridò il rivoluzionario spingendosi il sombrero in alto sulla testa con la canna della pistola. «Se fate quello che vi diciamo, non vi succederà niente di niente».

«Oh oh. Questa non ci voleva».

«Già. Ecco a cosa pensava Valentina».

«Ehi, voi due!» disse il soldato. «Venite qui!»

«Che facciamo?» le sussurrò il valletto.

«Apri. Scappiamo».

Paco fece un passo in avanti, con un brutto ghigno da lupo che si apriva nel viso, da un orecchio all'altro.

«Non fatemi perdere la pazienza» disse piano. «Vi ho detto di venire qui».

«Arriviamo» rispose Johanna, mettendosi davanti all'amico. «Chico?»

«Un attimo».

Sentì il ragazzo armeggiare con la serratura.

«Ehi, cosa fate?» domandò Paco.

Johanna vide con orrore che armava la pistola tirando indietro il cane con il pollice.

«Venite qui, subito, o sparo».

«Chico!»

«Fatto, è aperta!»

Johanna sentì la porta spalancarsi e l'aria e il fragore del treno in corsa entrare nel vagone.

«Ah!» urlò Paco puntando la pistola.

«Vai, vai!» gridò a propria volta Johanna. Si voltò e spinse l'amico oltre la porta.

Chico inciampò sulla predellina e barcollò. Johanna lo seguì rapida, ma urtò contro la spalla e perse l'equilibrio. Cadendo si ritrovò a infilare un braccio di fronte al piede dell'amico che finì a sua volta lungo disteso sulla predellina di metallo.

Così si salvarono la vita.

Risuonò uno sparo e Johanna vide un buco aprirsi nella porta dell'altro vagone.

«Chiudi, chiudi!» urlò al valletto.

«Ho perso la chiave!» rispose l'altro mettendosi a quattro zampe e cercandola sul pavimento di metallo della prima predellina.

Intanto Jo vide Paco che avanzava lungo il corridoio del vagone, con la pistola puntata, il braccio teso e un occhio chiuso per prendere la mira.

«Muoviti!»

«Trovata!»

Chico tornò indietro con la chiave in mano e si sporse per richiudere la porta.

Paco stava per sparare, quando la vecchina delle arance lasciò cadere la propria borsa e mezza dozzina di frutti color del sole al tramonto rotolarono per terra. L'uomo li schiacciò con gli stivali, scivolò, perse l'equilibrio. Gridando insulti, cadde sulla schiena e lasciò partire un altro colpo di pistola contro il tetto.

Chico richiuse la porta e fece scattare la serratura.

Intorno ai due, l'aria del Messico pareva gridare.

«Ce l'hai fatta!» disse Johanna. «Cosa facciamo adesso?»

Non ebbero tempo per decidere: risuonarono altri tre colpi di pistola e tre fori grandi come limoni si aprirono nella porta.

I due ragazzi saltarono sull'altra predellina e corsero nel vagone successivo.

«Cosa succede? Ragazzo, che succede?» chiese uno dei viaggiatori sul nuovo vagone, un uomo dai capelli neri che il sudore teneva incollati alla testa.

«I soldati» spiegò Chico mentre richiudeva la porta a chiave. «Hanno preso il controllo del treno!»

Johanna l'aveva afferrato per una mano e lo tirava verso il fondo del vagone.

Non mi prenderanno, non devono...

«Ehi, non mi tirare. Qui siamo a posto, ho chiuso a chiave. Basta stare lontani dalla porta» protestò il ragazzo.

«Sei impazzito? Non hai visto cos'ha in mano? Ha una chiave come la tua!» gli gridò prendendo la mano con cui Chico teneva la chiave e sollevandogliela di fronte al viso.

Non poteva credere che Pancho Villa avesse deciso di fare qualcosa di tanto violento. Non al treno che lo stava trasportando. E perché mai?

Doveva esserci sotto dell'altro.

Devo parlare con Bierce, lui magari sa cosa fare.

«Non è possibile. Come fa ad avere una chiave?»

«L'avranno presa a qualcuno» gli rispose asciugandosi il sudore dalla fronte. «Forse hanno già preso il vecchio. O Alvaro... Dov'è Luisito?»

«Non lo so» rispose Chico. «Ma se hanno una chiave... non possiamo scappare!»

Johanna guardò la porta del vagone, oltre c'era quello postale, ma Paco li avrebbe raggiunti anche lì.

Le parve di sentire un rumore, dietro di loro, il rivoluzionario stava arrivando!

«Puoi aprirla?» domandò indicandogli quella da cui i passeggeri potevano scendere, sul fianco del vagone.

«Sì, certo, ma ci ammazzeremo!»

«Aprila lo stesso, ho un'idea!»

Senza esitare, il ragazzo fece scattare la serratura e aprì la porta. Il vento gliela strappò di mano. L'anta si spalancò verso l'esterno e l'aria irruppe con forza nel vagone. Fuori, la luce del giorno era forte e il deserto correva coma una macchia indistinta. Il battito ritmico delle ruote sui binari era quello dei loro cuori spaventati.

«Cos'hai in mente?»

La serratura in fondo al vagone scattò.

«Voi ci avete visto saltare giù!» disse Johanna ai passeggeri, che li guardavano a bocca aperta. «D'accordo? E viaggerete gratis!»

Quelli sorrisero e fecero di sì con la testa. La ragazzina si tolse il cappello, i codini volarono in preda al vento, poi si voltò verso l'amico. Chico era pallido e spaventato, l'aria gli agitava i capelli e faceva aderire la giacca contro il suo petto magro.

«Non fiatare, fidati di me, andrà tutto bene» gli disse seria.

Poi gettò il cappello per terra, appena prima della porta spalancata.

Cap. 14

STALLO ALLA MESSICANA

Il treno correva e, con esso, le dita di Daniel sulle corde della chitarra. Troppi pensieri e interrogativi l'avevano assalito all'arrivo a Kimene. Si era chiesto cosa stesse accadendo a quel viaggio, alla *Revolución*, alla sua vita. Tutto era così confuso. Dov'era finito lo scontro in campo aperto contro il presidente e i suoi *Federales* per dare un futuro migliore al popolo? Dov'erano le battaglie contro i ricchi proprietari terrieri o i generali corrotti? Aveva un pessimo presentimento e, non per la prima volta, si domandò cosa avrebbe fatto suo padre.

Ma appena aveva posato la mano sulla chitarra e iniziato a suonare, i dubbi erano scomparsi. Si era lasciato prendere dalla musica, ignorando la partenza del treno, senza badare a Paco che si muoveva verso il fondo del vagone. Aveva suonato una melodia allegra, vivace, che aveva fatto ballare il suo cuore.

Terminò la canzone e si godette gli sguardi di ammirazione dei passeggeri che avevano assistito.

Daniel finalmente si stava divertendo, suonare gli piaceva

e, mentre lo faceva, poteva dimenticare chi fosse e in cosa fosse coinvolto. E magari anche...

«Cos'è stato?» domandò con voce allarmata una mamma di tre bambini, a due file di distanza.

Il marito della donna parve avere qualcosa da ridire con lei. I due iniziarono una discussione e Daniel si distrasse. Perse una nota, si fermò. I passeggeri non se ne accorsero. Nel vagone entrava aria, che muoveva fogli di giornale e stoffe. E c'era agitazione. Una donna anziana era in piedi, con il viso preoccupato.

Finché proruppe un grido.

Sì, era sicuramente un grido, anche se lontano, remoto. Ma femminile.

Il ragazzo depose la chitarra e rimase ad ascoltare meglio. Il treno era veloce, le ruote picchiavano sui giunti dei binari ma... sì, stava succedendo qualcosa.

Si accorse che il rumore della corsa del treno era molto forte, stranamente forte. Raggiunse il corridoio tra le panche di legno e vide che la porta del vagone non era chiusa, solo accostata.

Altre grida da oltre la porta aperta, da oltre la predellina. Venivano dal vagone che faceva da ristorante e dormitorio per la banda di soldati e il personale del treno.

Perché questa porta è aperta?, si chiese.

Poi udì un colpo di pistola.

Con la chitarra in mano camminò sulla predella di metallo, saltando il varco tra una piattaforma e l'altra, raggiungendo il vagone successivo.

Ruotò la maniglia e la porta si aprì sul vagone refettorio, con il banco e la stufa per cucinare, i pagliericci in disordine, oggetti personali sparsi ovunque...

Ma non fu tutto questo ad attrarre la sua attenzione: il suo sguardo si fissò sulle due figure impegnate a lottare. Uno era Guzman, inconfondibile anche di spalle, nel suo abito da *charro* con le lunghe frange, l'altra era Valentina. L'uomo aveva una pistola in mano, ma la ragazza gli aveva bloccato il polso. L'altra mano di Guzman teneva il braccio della *soldadera* e i due avanzavano e indietreggiavano. Dalla pistola partirono altri due spari e i proiettili si conficcarono nel soffitto del vagone.

Valentina gridò, ma non mollò la presa.

«Smettila, non puoi farcela!» ringhiò l'uomo.

«Siete pazzi, non sarò vostra complice!» rispose la ragazza.

«Allora farai la sua stessa fine!»

Guzman lasciò andare la mano di Valentina e la colpì al volto con un manrovescio. La ragazza gridò e barcollò all'indietro. L'altro ne approfittò per spianare la pistola.

Daniel agì d'istinto. Impugnò la chitarra a due mani e colpì.

La cassa di legno si frantumò contro la testa di Guzman, mandando l'uomo lungo disteso a terra. «Daniel!» gridò Valentina.

«Stai bene?»

«Dobbiamo andare! L'hanno fatto, stanno prendendo il controllo del treno!»

«Ma chi? Cosa?» chiese il ragazzo, allarmato.

«Il generale è in pericolo!»

«Cosa? Dobbiamo aiutarlo!» fece lui lasciando cadere i resti della chitarra, ormai inutilizzabile. «Chi è stato?»

Lei raccolse la borsa e lo prese per mano.

«I vagoni di testa saranno in mano loro, ormai» gli disse.

«Le porte...» realizzò lui. «Le porte dei vagoni sono aperte. Hanno le chiavi!»

La bellezza della *soldadera* era accesa di determinazione e rabbia. Aveva un segno rosso in viso e occhi luminosi.

Non ti faranno niente, pensò Daniel guardandola, mentre sentiva le guance farsi di fuoco. *Finché ci sono io, nessuno ti farà del male. Lo giuro!*

«Andiamo» disse Valentina Azul.

Lo tirò verso il fondo della carrozza e lo ricondusse all'esterno.

«Tranquilli, state tranquilli» stava dicendo Daniel ai passeggeri del vagone dove era stato seduto a suonare. «Presto il treno si fermerà e chi vorrà potrà scendere. No, non so cosa stia accadendo, ma...»

Altri spari!

Il suono era giunto debole, ma Daniel e Valentina avevano sentito la voce di troppe armi da fuoco per non riconoscerla anche con il frastuono del treno in corsa.

«State qui, brava gente» aggiunse la *soldadera*. «E non fate nulla, state lontani dai guai».

I due ragazzi corsero verso il fondo del vagone e trovarono la porta aperta.

Paco!, realizzò Daniel. L'aveva visto passare di lì. *Deve avere la chiave e Guzman doveva essere d'accordo...*

Entrarono nell'altro vagone. Qui trovarono i passeggeri nascosti sotto le panche, abbassati, intimoriti. Il corridoio centrale era pieno di arance e una di queste era schiacciata come se qualcosa ci fosse passato sopra.

Al comparire dei due ragazzi, i passeggeri si rannicchiarono ancora di più. Coprendosi il volto e gridando.

Siamo diventati i nemici. Hanno paura di noi!, si rese conto con orrore Daniel. Poi, dalla carrozza successiva, provennero altri spari.

Daniel e Valentina raggiunsero l'ultimo vagone di terza classe. La carrozza era invasa dall'aria e dal rumore. Alcuni passeggeri si tenevano bassi, schiacciandosi sulle panche di legno.

«Non fateci niente, per favore!» disse un uomo anziano stringendo la mano della moglie che pregava silenziosamente.

Ma gli occhi di Daniel si posarono sulla figura in fondo alla carrozza.

Era Paco, vicino alla porta aperta del vagone, con una pistola in una mano e la chiave del treno nell'altra. Guardava un oggetto a terra, un cappello bruno con la visiera.

Era della divisa del personale del treno.

Più piccolo rispetto a quello che aveva visto in testa al controllore. Sembrava il cappello di...

«No! Che cosa hai fatto!» gridò Valentina. «Cosa le hai fatto?»

Paco si voltò con un ghigno.

«Attenta, è armato!» l'avvisò Daniel.

Ma la *soldadera* era una furia. Tenendo la sua borsa con una mano, sollevò l'altra a pugno e si lanciò verso Paco, superando Daniel che rimase stupito un istante.

Perché fa così? Paco ha fatto del male a qualcuno? Se quel cappello è di uno dei valletti, come sembra, perché Valentina ne parla al femminile?

Ma poi vide l'uomo puntare la pistola verso la ragazza e prepararsi a sparare.

Sentì il proprio cuore perdere un colpo.

E agì d'impulso.

Si gettò in avanti prendendo con la mano un piede della ragazza. Caddero insieme, lunghi distesi, nel corridoio tra i sedili, mentre la pistola tuonava.

Paco stava per sparare di nuovo, Daniel ne era sicuro, non poteva lasciargliene il tempo. Si rialzò. Calpestò la gonna della ragazza, la sua borsa, si aggrappò a una panca, si tuffò in avanti. Urtò Paco e gli fece cadere l'arma. L'altro reagì sferrandogli un pugno. Il ragazzo cercò di immobilizzargli i polsi e si prese una testata in fronte. Poi sentì un peso morbido dietro di sé e il profumo di sapone di Valentina Azul.

«Cosa gli hai fatto?» gridò ancora la ragazza.

Il peso dei due ebbe la meglio sul più grosso Paco, che fu costretto a indietreggiare, poi cadde.

Daniel si ritrovò sul petto del suo avversario, con Valentina sulla schiena, che si muoveva e divincolava come un gatto selvatico.

Paco reagì con un gancio, sferrato verso Daniel, che svelto abbassò la testa in tempo.

Il pugno dovette raggiungere Valentina, perché il ragazzo la sentì gemere e scattare all'indietro. Risuonò un tonfo. Subito dopo, con orrore, si rese conto che non si muoveva più.

Una rabbia incontrollabile gli salì da dentro. In un istante si ritrovò seduto sul petto di Paco, con le braccia che lo martellavano di pugni e un grido strozzato che gli riempiva la gola. L'uomo non riuscì a reagire e poté solo incassare la pioggia di colpi, fino a quando smise di muoversi. Infine Daniel guardò Valentina, stramazzata per terra, con un livido sulla guancia e un segno rosso sulla fronte. I passeggeri erano immobili e zitti, terrorizzati.

Poi si accorse di un movimento: da sotto l'ultima delle panche stava uscendo qualcuno.

Erano i due valletti del treno, con i visi spaventati. Erano senza cappello, ma uno dei due, per qualche strano motivo, ora aveva i capelli lunghi di una ragazzina. E anche il suo viso, ora che lo guardava bene, era quello di una femmina.

Quella missione misteriosa era davvero un carosello di follie!

«Non sei con loro» gli disse la ragazzina. Aveva l'aria sveglia e spaventata.

Daniel scosse la testa. Controllò il polso di Valentina. Era solo svenuta.

«Dobbiamo combattere» disse l'altro valletto, mentre raccolse la pistola di Paco, poi guardò dentro la canna.

«Meglio se questa la tengo io» intervenne Daniel prendendogli la pistola di mano. La infilò nella cintura. «Che ci facevate là sotto?»

«Ci inseguiva» spiegò la ragazzina. «Ci siamo nascosti per fargli credere che fossimo saltati dal treno».

Che idea, è proprio in gamba, chiunque sia...

«Ma cosa vogliono? Quanti sono?» gli chiese ancora.

Erano domande importanti. Paco e Guzman, uno che inseguiva i valletti, l'altro che lottava con Valentina. Che pazzia, uomini che fino a ieri erano suoi compagni, soldati di Villa! Guzman era amico di Chango. E Paco passava sempre molto tempo con Pedro Solina e Alejandro.

Chi rimaneva? Fabiano Parmisan e Corradin Sobrero, scelti da Villa, con cui Daniel aveva riso, combattuto e cantato. No, loro non potevano far parte di quell'assurdità. E poi... chi mancava? Alfonso, un altro amico di Paco, scelto personalmente da...

«Uomini di Aceveda» disse. «Vogliono prendere il generale».

«Venite, nascondiamoci» incalzò il valletto. «Andiamo nel postale, barrichiamo la porta e facciamo un piano».

Daniel prese Valentina per le spalle, tentò di scuoterla.

Intanto i due ragazzini corsero alla porta in fondo al vagone e il valletto l'aprì con la propria chiave, identica a quella che aveva avuto Paco.

Daniel cominciò a tirare Valentina, quando si accorse che non avrebbe fatto in tempo: in fondo al vagone, oltre la finestrella, poteva vedere qualcuno sulla predellina.

«Arrivano!»

«Vieni con noi, presto!» gli disse il valletto.

«Non posso» aveva la bocca secca e le parole uscivano a fatica. «Andate voi. Io li... li trattengo».

I due uscirono sul vagone e quando richiusero la porta, Daniel vide che la ragazzina lo guardava con occhi larghi di paura.

Daniel Carmin era nascosto dietro l'ultima panca della carrozza, vicino alla porta spalancata, proprio dove si erano nascosti i ragazzini poco prima. Dietro di lui scorreva il deserto. Non aveva fatto in tempo a portare Valentina con sé, ma avrebbe fatto di tutto per difenderla.

«Ti vedo, Rojo!» disse una voce secca e sgradevole. «Ma guardati... Cosa direbbe di te, adesso, tuo padre?»

Daniel deglutì. Il nome Rojo gli bruciò nelle orecchie e sentì il viso avvampare. Strinse i pugni.

Ptui!, lo sputo risuonò forte. Dopo un attimo, nonostante il fragore dell'aria, si sentì il suono metallico di una sputacchiera centrata.

Arrischiò uno sguardo oltre la panca. In fondo al vagone Alfonso e Aceveda, le pistole impugnate, attendevano.

Alfonso sparò e Daniel riabbassò la testa dietro la panca. Il proiettile ne strappò un pezzo come il morso di una bestia feroce.

Nel vagone si alzarono le grida dei passeggeri. Aceveda rise.

«Che cosa vogliamo fare, ragazzo?» lo canzonò il capitano.

«Sono armato anch'io!» rispose lui. Aveva la sua pistola nella fondina e quella di Paco nella cintura. La prese e guardò il tamburo. Era scarica. La ricaricò con le pallottole della sua bandoliera.

«È vero, ne sono sicuro. E sei un soldato in gamba. Sarebbe un peccato farti fuori» rispose il vecchio capitano.

«Per me non è un problema, capitano» incalzò Alfonso, con la sua voce spessa data dal doppio mento e dalla grande pancia tonda. «Metti fuori la testa, Rojo. Ti faccio un bel buco in fronte e la finiamo, eh?»

Sottolineò l'invito con un altro colpo di pistola. Nella parete di fondo si aprì un foro e Daniel sentì alcune schegge cadergli addosso.

Non possono sparare, sono in mezzo ai passeggeri...

«Perché, capitano? Perché tutto questo?»

Il ragazzo aveva bisogno di pensare. Doveva trovare un modo per uscire da quel pasticcio.

«Perché?» domandò l'altro in tono ironico. «Sono stanco di questa *Revolución* che non porta a niente. E adesso facciamola finita».

«No!» urlò Daniel. «Lotterò fino all'ultimo! Traditori!»

«Vuoi davvero combattere? Qui?» gli chiese Aceveda come se avesse letto il pensiero di poco prima. «Ferirai qualcuno».

I deboli tintinnii di speroni indicavano che si stavano spostando.

«Posso tenervi lì senza problemi!» rispose lui. Era rabbioso e impaurito. «Provate ad avvicinarvi e vediamo chi resterà ferito».

Aceveda rise ancora.

«Non ce n'è bisogno, Rojo. Ancora non hai capito, eh?»

Fece una pausa e il ragazzo tese le orecchie per sentire se i due si stavano muovendo ancora. Il cuore era in procinto di scoppiargli nel petto.

Riuscirò a fermarli?

«Ti do un'ultima possibilità» disse a quel punto Aceveda, con la voce morbida come quella che avrebbe avuto un gatto prima di mangiare un topo. «O tu ti arrendi, adesso, senza fare storie, oppure io...»

Nel silenzio che seguì, disturbato solo dall'aria che entrava e dal battito delle ruote sui binari, Daniel sentì chiaramente il rumore di una pistola che veniva armata.

Si arrischiò ad alzare la testa, abbastanza per sbirciare oltre il bordo della panca.

Alfonso era nel centro del corridoio, due pistole spianate e pronto a fare fuoco.

Il capitano Aceveda, invece, era di lato, dietro la panca dove due anziani si stringevano impauriti.

Il vecchio compagno di Villa reggeva la pistola con fare rilassato, la lunga canna puntata verso il centro del corridoio, in basso.

Prendeva di mira Valentina, ancora svenuta.

I baffoni color ferro del capitano si mossero, mentre ridacchiava in silenzio.

«Che ne dici, Daniel Carmin? Ti arrendi o devo ammazzarti la bella *soldadera* sotto gli occhi?»

Fu come se tutto il peso del mondo gli cadesse sulle spalle.

Non c'era più niente da fare. Avevano vinto.

Con dita fredde come il ghiaccio il ragazzo prese entrambe le pistole, le mani gli tremavano.

Le gettò in mezzo al corridoio.

«Mi arrendo».

Cap. 15

I NODI E IL PETTINE

L'aria le schiaffeggiava il viso.

Aggrappata alla scaletta in coda al treno, Johanna teneva gli occhi chiusi. Aveva paura di cadere e la forza del vento le faceva volare i codini come aquiloni in un temporale.

Da quanto stava appesa là fuori? Sembravano ore, giorni... Ma non potevano che essere minuti. Eppure quando erano usciti, di corsa e con il cuore in gola, il paesaggio era un mare deserto giallo e rocce rosate; mentre ora, lei e Chico, correvano in mezzo a colline brune coperte di cespugli. E le braccia... le braccia le facevano male per lo sforzo.

Qualcosa le strinse all'improvviso la caviglia.

Aprì gli occhi e guardò in basso: era il ragazzo.

Si trovava sulla scaletta, sotto di lei, e si schiacciava contro la parete di legno. Guardava preoccupato verso la porta che dava dentro il vagone postale. Alla finestrella le parve di scorgere un'ombra.

Richiuse gli occhi. Non aveva la forza di vedere cosa sarebbe successo.

Dopo aver lasciato Daniel, Chico e lei erano entrati nel

vagone postale, richiudendosi la porta alle spalle. Ma non c'era nessun posto dove nascondersi. Se gli uomini di Aceveda avessero superato il giovane soldato, sarebbero entrati lì e avrebbero preso anche loro.

La mano del valletto era ancora stretta alla sua caviglia. Quasi le faceva male, eppure c'era premura da parte dell'amico. Era stata sua l'idea di uscire. Le aveva detto che se il piano di fingere di essere saltati fuori dal vagone aveva funzionato, avrebbe potuto funzionare anche la follia di appendersi. E così aveva aperto la porta in coda al vagone. Di fianco c'era una scaletta di metallo che saliva fin sul tetto della carrozza. Ne avevano approfittato subito per nascondersi.

La mano di Chico si staccò dalla caviglia e Jo si sentì toccare dalle dita lievi del ragazzo. Lui sorrideva, mordendosi un labbro. Annuiva.

Jo lo vide sporgersi verso la finestrella, un palmo alla volta e poi sbirciare dal vetro sporco. Il ragazzo pescò dalla tasca la chiave che apriva tutte le porte.

La infilò piano nella serratura e aprì.

Scivolarono all'interno e, nel buio, fecero una scoperta incredibile.

Con la porta chiusa e gli occhi finalmente abituati alla penombra, Johanna sedeva per terra. Il vagone postale odorava di segatura e sconfitta. Gli altri erano lì.

Tutti.

Alvaro, il capotreno, Luisito Barrana... ma anche Pancho

Villa, Daniel Rojo, la soldatessa e due degli uomini di Villa, Sobrero e Parmisan. Li avevano battuti e catturati.

Erano stati tutti legati, mani e piedi.

Ed erano rimasti sorpresi nel vederli. Ora li guardavano con ansia. Nei volti, una gran voglia di riscossa.

«Ah, sono codini, quelli?» le domandò Villa con un ghigno. «Questa è sicuramente una storia che deve essere raccontata. Ma non ora. Liberateci, e intanto diteci come avete fatto a non farvi catturare!»

Chico si vuotò le tasche della giacca. Mise per terra il taccuino e la matita, poi aprì il temperino e si avvicinò al generale, cominciando a lavorar sui nodi.

«Ci siamo nascosti fuori. Lui ci ha dato il tempo per farlo» rispose Johanna lanciando un'occhiata verso Daniel che teneva la testa bassa.

«Ben fatto, Carmin!» disse Villa mentre si massaggiava i polsi. L'altro non rispose, si limitò a sollevare lo sguardo e annuire, per poi tornare a guardare la *soldadera*.

«Cos'è successo, generale? Come hanno fatto a...» Johanna non ebbe cuore di finire la domanda.

Villa si alzò in piedi e parve riempire la penombra del vagone.

«Quello sciacallo ha atteso che uscissimo dallo scompartimento di Ambrose per fare la sua mossa. Ha estratto la pistola e mi ha preso prigioniero. Così» e fece schioccare le dita. «Pancho Villa catturato come una gallina grassa in un pollaio pieno di faine! Poi i suoi hanno preso Corradin e Fabiano».

Bierce!, si disse Johanna. *Non c'è.*

Dov'era? Perché non c'era anche lui? Gli era accaduto qualcosa o forse...

No. Non può essere d'accordo con i traditori!

«Ma abbiamo lottato» rispose Sobrero. «Abbiamo cercato di difenderci, però c'era troppa gente. Rischiavamo di ferire qualcuno che non c'entrava».

Parmisan annuì a propria volta.

«A loro questo non interessava... e ci hanno preso».

«Ma chi sono *loro*? Possiamo contare ancora su qualcuno?» chiese per tutti Sobrero.

Villa scosse la testa.

«Pedro Solina, Hector Espada, Chango, Guzman e Manteca» Villa fece l'elenco. «E anche Alfonso, Alejandro e Paco... tutti con Aceveda. Quel serpente se li è scelti uno per uno! Aveva la mia fiducia e l'ha tradita. Ha voltato le spalle a Pancho Villa e alla nostra *Revolución*!»

«Capo, sta bene?» Johanna sentì chiedere a Chico quando fu vicino a De Domingo. L'uomo era furioso. Non l'aveva mai visto in quelle condizioni.

«No» rispose lui. «Non capisco come abbiano potuto farlo».

«Sono coyote traditori, ecco come!» tagliò corto il generale.

«Questo è poco ma sicuro,» ribatté il capotreno «ma mi riferisco a qualcosa d'altro. Me li sono visti venire contro dalla prima classe alla seconda, passavano da un vagone all'altro e questo è impossibile».

«È vero!» disse Carmin. «Come hanno...?»

Johanna sentì un suono nuovo, che non pensava di poter sentire: qualcuno stava piangendo.

Era Alvaro.

«Non volevo, io non volevo...» si lamentava il controllore.

Chico aveva tagliato le corde di tutti. Anche Valentina era libera e si era risvegliata. Daniel la accudiva con cura e attenzione. Le doleva la testa e anche nella semioscurità Jo poteva vedere la macchia scura del colpo che l'aveva stordita.

«Mi dispiace, davvero...»

«Sei stato tu?» De Domingo era in piedi di fronte ad Alvaro e lo fissava come se potesse bucarlo con lo sguardo. «È colpa tua?»

L'altro abbassò la testa.

«Prima la chiave di scorta... nell'armadietto, vicino alla stufa. Dovevo darla a... Javier».

«Chi?»

«Delgado, Javier Delgado».

«Il ladro!» spiegò Daniel per tutti.

Alvaro fece di sì con la testa pelata.

«Mi dispiace, capo. Mi dispiace davvero, dico a tutti voi. Anche a lei, generale. Io non credevo, non pensavo, io...»

L'uomo riprese a piangere e nel vagone risuonò secco uno schiaffo.

Era stato De Domingo: aveva colpito il controllore con una sberla. Ora l'altro era contro il muro e si teneva la guancia.

«Perché?» si limitò a chiedere De Domingo.

Alvaro spalancò gli occhi e poi li richiuse un attimo. Sospirò.

«Debiti. Devo un sacco di soldi a un gruppo di persone... quelle che non vorresti mai incontrare. Ho giocato, gioco tanto, spesso».

«Giochi troppo» brontolò Barrana. «Te l'ho sempre detto».

«È vero. E devo loro un sacco di soldi. Ma poi a Città del Messico mi hanno detto che avrei potuto azzerare tutto se... se avessi dato a Javier due chiavi, quando fosse salito sul treno».

«Com'è possibile?» chiese De Domingo.

Villa si avvicinò, scuro in viso e minaccioso, e Alvaro si fece piccolo.

«Ho sempre saputo che Aceveda era in contatto con dei ladri, dei criminali» disse accarezzandosi i baffi. «Ci sono anche tornati utili qualche volta ma...»

«Ha detto che Javier lavorava per lui. Aceveda, dico. Mi ha avvisato quando l'avete catturato. Non doveva succedere ma... è capitato. Mi ha detto che l'accordo era ancora valido, anche se lui era stato scoperto. Due chiavi del treno e tutto il mio debito sarebbe scomparso!»

«Hai consegnato loro il treno» lo accusò De Domingo. «Hai messo in pericolo tutti noi e, quel che è peggio, decine di innocenti!»

De Domingo parve sul punto di colpire di nuovo il controllore. Poi prese di tasca il monocolo e cominciò a pulirlo.

«Sono deluso. Molto, molto deluso. Ti voglio giù dal mio treno non appena ci fermiamo».

Alvaro abbassò la testa. Poi si lasciò scivolare a terra.

Johanna non poteva credere alle proprie orecchie. Le era sembrato quasi una famiglia, quel gruppo di persone sul treno, tutti uniti, tutti vicini.

«Carbón» disse a un certo punto. «Carbón e Justin non ci sono! Sono ancora liberi?»

Alvaro scosse la testa.

«Non credo siano legati da qualche parte, no. Altrimenti il treno sarebbe fermo».

«Aceveda avrà mandato qualcuno a tenerli d'occhio» rispose Villa. «Forse, lo fa addirittura lui stesso».

Il treno correva e nella carrozza postale il tempo sembrava una coperta bagnata, pesante e oscura. Si erano divisi in gruppetti. Gli uomini di Villa da una parte. Quelli del treno, dall'altra, con Alvaro che piagnucolava, Chico che lo consolava e De Domingo chiuso in un silenzio offeso.

Jo era andata al suo lettino e aveva raccolto Miss Petunia. Ma non poteva arrivare nessun aiuto dalla vecchia bambola. La rimise giù e si accorse che i due soldati più giovani la stavano guardando. Si voltò e la *soldadera* le sorrise.

Johanna ricambiò il sorriso, ma si sentì più triste di prima.

«Come stai?» chiese il ragazzo a Valentina.

Lei annuì. Poi Jo la vide guardare verso la sua borsa rossa, che giaceva per terra in mezzo alla carrozza.

Senza pensarci, andò a raccogliergliela. Non voleva guardare Villa, aveva gli occhi che fiammeggiavano. E non voleva nemmeno guardare gli uomini del treno. Sembravano bestie in gabbia.

«Grazie!» le disse la *soldadera*.

«È pesante!» commentò Johanna.

La ragazza la aprì.

Fu allora che Pancho Villa fece sentire di nuovo la propria voce.

«Aceveda l'ha buttata dentro disgustato, come se ci avesse trovato delle uova marce» disse il generale. «Tu sai perché?»

«L'arma segreta» disse Daniel per lei.

Johanna non capiva.

«L'arma segreta?» domandò incredulo Villa. E piegò le labbra in un sorriso triste che fece male al cuore della ragazzina.

«Mi ha sentito che la chiamavo così, sul carro, prima di salire su questo treno» spiegò Valentina. «Ovviamente non c'è nessuna arma segreta. Non c'è mai stata. Non nel senso che intende lui».

Estrasse il contenuto dalla borsa rossa.

«Libri?» mormorò Johanna a bocca aperta.

C'era una Bibbia. Ma vide anche copertine illustrate, con disegni di ragazzi, cavalieri con spade e lance, una tigre...

«Sì, libri» le rispose la ragazza. «Il futuro. È con questo che il popolo può vincere davvero. Almeno è quello che credevo, prima che...»

Villa sibilò delle imprecazioni e Johanna vide che gli occhi della ragazza si stavano riempiendo di lacrime.

«Ora è tutto finito. Voleva che l'aiutassi, ma ha preso la dinamite e lo farà lui stesso».

«Che cosa?» domandò Alvaro. Il controllore sembrava agitatissimo. Aveva la faccia livida come una prugna.

«Cosa significa che voleva che l'aiutassi?» le domandò Daniel.

Johanna si sentiva frastornata. «Perché mai avresti dovuto dargli retta?»

La ragazza si passò una mano sugli occhi.

«Mi aveva promesso che la guerra civile sarebbe finita presto. E che mi avrebbe aiutato».

«A fare cosa?» le chiese a quel punto Villa. Era immobile, come una statua.

«Voleva darmi dei soldi. Così ha detto. Avrei avuto la mia *Casita de los libros*. Una casa dei libri. Tutta mia. Dove raccogliere libri, far venire la gente a prenderli, senza far loro pagare. Liberamente».

«Una biblioteca» disse Johanna. «È questo che vuoi fare?»

La ragazza annuì con un sorriso stanco.

«Una biblioteca per il futuro del Messico. Gli uomini ricostruiranno il Paese con i mattoni, ma serviranno libri e letture per ricostruire i messicani. Storie per i bambini di oggi, libri per gli uomini e le donne di domani. Sì, è questo quello che voglio fare e lui l'ha sempre saputo. Mi ha detto che mi avrebbe dato tanti soldi, che mi avrebbe trovato il posto adatto. Io ho rifiutato, non potevo costruire il futuro su un tradimento. Sarebbero stati libri scritti con il sangue. E lui si è arrabbiato. Mi ha minacciata».

«Perché non mi hai detto nulla?» le chiese Villa, la voce incurvata.

«Stavo per farlo. Ho cercato di avvisare...» Johanna si ritrovò ad annuire, ma la ragazza continuò: «Lui è... mio zio. Conosce la mia famiglia. Sa dove vivono i miei. Avevo paura che...».

«Dobbiamo fermarlo» Pancho Villa la fissava a testa alta.

«Non possiamo. Ha preso la dinamite, ci penserà lui. Farà crollare un ponte. E il treno precipiterà nel fiume, là sotto».

«Ucciderà tutti!» esclamò Chico.

«Maledetto» sibilò Daniel.

Gli occhi di Villa ardevano come braci.

«Non tutti» aggiunse Valentina. «Vuole consegnarla a qualcuno, generale. Ha dei complici».

«Fuego Loco» mormorò Johanna. Ora aveva un groppo in gola e sentiva gli occhi che le bruciavano.

«Cosa?» le chiese Villa.

Lei si sentì schiacciata da quello sguardo, inchiodata. Avrebbe dovuto avvisarli prima, avvisare tutti. Se solo lo avesse fatto, tutto quello non sarebbe successo.

«Cosa hai detto, ragazzina?»

«Fuego Loco!» La vista le si annebbiò e Jo sentì le lacrime che le invadevano gli occhi. «Ho sentito il capitano

Aceveda che mandava un telegramma a qualcuno. Parlava di Fuego Loco, ma lo faceva in inglese. Credo l'abbia mandato a degli...»

Le morì il fiato in gola.

«Americani» finì per lei Villa.

Lei stessa era un'americana e improvvisamente si vergognò. Le lacrime caddero, scivolando calde sulle sue guance, come una carezza fatta da dita di fuoco.

Si passò una mano sul viso. De Domingo si alzò a fatica e le si avvicinò. Jo sentiva il labbro che tremava e le lacrime che continuavano a rigarle il volto, libere.

Non avrebbe più visto la mamma, non sarebbe mai più arrivata a casa. Non avrebbe più abbracciato suo papà.

Se solo fosse riuscita a smettere di piangere sarebbe scoppiata a ridere. Erano quasi tutti intorno a lei. De Domingo, che la guardava preoccupato, Luisito Barrana che faceva finta di osservare il pavimento e invece controllava come stesse. La *soldadera* la stringeva e quell'abbraccio femminile la consolava più di mille parole. Daniel Carmin era seduto lì di fianco e osservava in silenzio, mordendosi le labbra. E vicino a lei c'era Chico. Il pomo d'Adamo che andava su e giù come una pallina, gli occhi grandi e preoccupati. Anche i due uomini di Villa erano nei paraggi, attenti alla porta, ma anche a quello che stava accadendo. Alvaro, dal suo posto per terra, guardava con occhi spenti. E Villa...

«Dobbiamo fare qualcosa!» tuonò il generale. Stringeva i

pugni e li apriva, camminava avanti e indietro come un leone in gabbia.

Johanna non aveva voglia di fare niente. Non c'era nulla che potessero fare. Erano bloccati, chiusi nel vagone postale. Impotenti proprio come la sua Miss Petunia, abbandonata nel lettino.

«Dobbiamo fermarli, prima di arrivare a Fuego Loco, prima che ammazzino della gente innocente».

«Non possiamo, generale» protestò Sobrero. «Sono in troppi e sono armati. Ci hanno preso tutto».

Chico voltò di scatto la testa.

«Ehi, non tutto! Io ho ancora la mia chiave!» la estrasse di tasca, trionfante.

Johanna sentì un respiro gonfiarle il petto e uscire piano. Chiuse gli occhi, li riaprì e sbatté di nuovo le palpebre. Non piangeva più, le lacrime erano finite.

«Come stai, meglio?» le domandò con dolcezza Valentina.

Jo la strinse forte.

«Grazie» le disse. «Avevo proprio bisogno di farmi un bel pianto».

«La verità è che possiamo vestirti da aiutante, possono spedirti come una lettera, Johanna, ma resti una ragazzina» disse De Domingo. «E questo viaggio sta diventando un incubo. Un incubo pericoloso, mi dispiace».

Pancho Villa andò a prendere la chiave dalla mano di Chico.

«Apre quella porta?» chiese.

«Quella e tutte le altre».

«Avranno messo qualcuno di guardia» osservò Daniel. «Basta un uomo con una pistola, ci faranno fuori tutti».

«Forse possiamo usare qualcosa come scudo» mormorò Villa osservando pacchi e casse con occhi accesi.

«Non la corrispondenza!» protestò Barrana. Allargò le grandi braccia di fronte a un cumulo di pacchetti, in una posa buffa.

Johanna lasciò andare Valentina e, per la prima volta da quello che le parve un secolo, sorrise.

«Una pistola. Mi basterebbe una pistola per riprendere il treno e spedire quel serpente al Creatore!» esclamò Villa.

«Non ne abbiamo, generale» rispose Carmin. «E poi dovremmo attraversare tutto il treno. Dove saranno gli altri?»

«Non m'importa. Aceveda li avrà disposti nei vari vagoni, per tener buona la gente. E qualcuno sarà alla motrice, di sicuro. Ma mi basterebbe una pistola. Facciamo fuori il primo, gli prendiamo armi e pallottole, poi avanziamo».

De Domingo scosse la testa.

«Prendiamo le gambe di un tavolo, ne facciamo delle mazze» propose Sobrero.

«Possiamo anche usare il ripiano come uno scudo...» aggiunse Parmisan.

«Non dire sciocchezze, lo bucheranno da parte a parte» protestò il primo.

In breve, i due cominciarono a discutere sommando la propria voce a quella di Villa e del capotreno.

«Ci andrà di mezzo la gente, generale».

«In guerra ci sono sempre morti» rispose lui.

«Non sul mio treno. Non se posso impedirlo!»

«Aceveda li ammazzerà tutti se non lo fermiamo! Preferisco rischiare di perdere qualcuno, invece di lasciare che quel serpente ammazzi tutti e noi con i passeggeri!»

«Nessuno toccherà la corrispondenza!» ruggì ancora Barrana.

Johanna sentiva che qualcosa stava sfuggendo, come se ci fosse una possibilità a cui non avessero ancora pensato. Si schiarì la voce.

«Scusate, ma che fine ha fatto Bierce?» domandò piano.

Solo Valentina la sentì e scosse la testa: non lo sapeva.

Villa e De Domingo, che ormai si fronteggiavano uno davanti all'altro, si voltarono a guardarla.

«Che fine ha fatto Bierce? Il Vecchio gringo» ripeté più forte.

Vide Villa fare un ghigno.

«Quando mi hanno preso l'ho sentito che si chiudeva dentro. Sta male, non può uscire, ma di sicuro loro non possono entrare».

«Si limiteranno a lasciarlo lì» osservò Daniel. «Chiuso nel suo scompartimento non potrà fare nulla, proprio come noi».

«Lui ha una pistola» osservò Johanna.

Chico si batté il pugno nella mano.

Villa la guardò e quasi le fece paura. Sembrava un lupo, un puma, un diavolo furioso. Poi sbuffò.

«Potrebbe avere anche una mitragliatrice, ma non può farci molto. È malato, troppo malato. E c'è tutto un treno che ci separa da lui».

«Generale, con una pistola potrebbe fermare Aceveda?» chiese Johanna con il cuore che batteva a mille. Le si stava formando in testa un'idea, folle e assurda e pericolosissima.

«Sì» ringhiò Pancho Villa. «Mettimi in mano anche solo un moschetto con una pallottola e daremo ad Aceveda e ai suoi tirapiedi una gatta da pelare come non ne hanno mai viste».

Jo si inumidì le labbra.

«Ho un'idea».

E proprio allora Rosario lanciò un fischio nel cielo, alto e forte, come il grido di un'aquila.

Cap. 16

I PASSI NEL VENTO

Johanna era in piedi, sul tetto del vagone postale, china in avanti contro la forza del vento.

L'aria odorava di carbone e la schiaffeggiava con forza. La vecchia giacca, che le aveva dato Chico qualche giorno prima, si gonfiava di vento come il mantello di un mago e la tirava indietro. Sembrava quasi di volare. Faceva paura, certo, ma era così eccitante che le veniva da ridere.

Di fianco a lei, Chico si mise carponi e afferrò un maniglione. Il treno stava facendo una curva e il fumo nero e denso che si levava dalla ciminiera di Rosario era un drago scuro che contorceva le spire.

Il ragazzo teneva gli occhi stretti.

«Moriremo!» gridò preoccupato. «Moriremo, lo sai?»

«No, non succederà!»

Da dietro, sopraggiunse una figura robusta, agile come un lupo. Era Villa. Senza cappello, con la giacca da *charro* che sbatacchiava sulla schiena robusta, gli occhi accesi per la tensione.

Sorrideva come se stesse facendo la cosa più divertente del mondo.

«Mi sembra di essere ringiovanito!» gridò ai due ragazzi. «Andiamo!»

E li superò.

«Be', lui, almeno è contento!» disse Chico, mentre lei lo aiutava ad alzarsi. «Ne avrai di cose da raccontare a tuo papà quando lo rivedi, eh? Mi sa che non ti spedisce mai più!»

Sentì un sorriso che le affiorava alla bocca.

Li raggiunsero anche Daniel e Valentina. Lui aveva lo sguardo teso e attento. Teneva per mano la *soldadera,* che si era legata i lunghi capelli neri e aveva strappato la gonna all'altezza delle ginocchia perché non la intralciasse. Era la cosa più coraggiosa che Johanna avesse mai visto fare.

«Hai avuto un'ottima idea, Juanita!» le disse Valentina. «Lo sapevo che eri in gamba».

Non seppe cosa rispondere. E riprese a camminare in avanti, un passo dopo l'altro, piegata sulle ginocchia come se stesse salendo una montagna ripidissima.

Chiudevano la traballante comitiva gli altri due uomini rimasti fedeli a Villa, i cui nomi Johanna non avrebbe più scordato: Corradin Sobrero, con la pelata che splendeva al sole, e Fabiano Parmisan, dai baffetti curati.

Ovviamente Barrana e De Domingo avevano voluto partecipare. Anche Alvaro, timidamente, si era offerto. Ma Villa era stato categorico. Aveva bisogno di Johanna e di Chico, perché l'idea era della ragazzina e il valletto poteva aiutarli. E perché erano i più agili. Villa non voleva rischiare la vita del personale del treno e poi aveva una missione per loro:

dovevano parlare e far più rumore possibile, in modo che, se qualcuno fosse venuto a controllare, avrebbe pensato che i prigionieri fossero ancora al loro posto. E dovevano barricare la porta affinché il bluff durasse il tempo necessario a condurre quell'impresa disperata.

Giunti alla fine del vagone, Chico e Johanna saltarono.

Sotto di lei, la ragazzina scorse le predelline di metallo che traballavano, vide la porta del vagone e, sotto ancora, i sassi e le traversine, che correvano così forte da fondersi in un fiume grigio e marrone.

Se cado adesso sono morta, si disse cercando inutilmente di scacciare il pensiero.

Ma non cadde. Anzi, atterrò dall'altra parte, assorbendo l'impatto senza vacillare.

Poi risuonarono forti i colpi dei piedi del valletto sul tetto scuro del vagone.

Chico gridò di gioia.

«Ce l'ho fatta! Hai visto? Ci sono riuscito!»

Ripresero a camminare. Il vagone di terza classe, uguale ai successivi tre di fronte a loro, aveva il tetto ruvido, di lamiera ricurva, del colore di un mattone bruciato dal sole.

Dietro, altre due coppie di colpi, forti. Daniel e Valentina che avevano superato il varco.

E poi accadde qualcosa.

Johanna era a metà della carrozza quando sentì un urlo strozzato, indebolito dal ruggito del vento e dallo sbuffare del treno. Si voltò e vide le figure di Sobrero e Parmisan, che erano appena atterrate sul vagone. Sobrero si portò una mano al braccio e cadde. Fabiano lo aiutò a non scivolare dal tetto e lo calò invece sulla predellina che avevano appena superato, sdraiandosi sulla lamiera. Pezzetti di tetto sembravano sollevarsi in aria con piccoli sbuffi, accompagni da... spari!

Qualcuno stava sparando dall'interno del vagone verso l'alto, attraverso il tetto!

«Ci hanno scoperti!» urlò Johanna, sperando che Villa potesse sentirla. Dietro di lei, Daniel e Valentina osservavano la scena.

La ragazzina vide qualcuno comparire dal varco tra il vagone postale e quello dove si trovavano. Era uno degli uomini di Aceveda, Guzman. Mentre si sollevava oltre il bordo del tetto, il vento gli strappò via il sombrero, che volò in alto come una ciambella lanciata da un bambino.

«Attenti, arrivano!» gridò Jo puntando il dito.

Daniel e Valentina si voltarono e altrettanto fece Fabiano Parmisan. Questi si lanciò contro Guzman, cercando di colpirlo con un pugno mentre l'altro si tirava in piedi. Fabiano era agile e veloce, ma Guzman era robusto e largo più di lui, un vero armadio. Incassò uno, due pugni, senza fare una piega. Poi prese il giovane Parmisan per uno stivale e tirò verso l'alto. Johanna lo vide cadere sulla schiena e si aspettò che rotolasse giù dal tetto. Ma il giovane soldato artigliò la lamiera e si fermò.

Guzman si sollevò ed estrasse la pistola.

«No!» gridò Daniel.

Mentre l'uomo di Aceveda puntava l'arma contro Fabiano, steso sul tetto, Johanna vide Daniel Carmin togliersi la giacca.

Il ragazzo fece alcuni passi di corsa, appallottolò l'indumento e lo lanciò verso Guzman.

Johanna non seppe mai se quanto accadde fosse un miracolo o il frutto di un'improbabile abilità di Daniel con le giacche e i treni in corsa.

Il caso volle che la giacca si srotolò in volo, aprendosi come un grosso pipistrello e, spinta dall'aria, finì sul viso di Guzman, avvolgendogli la testa.

Parmisan sferrò un calcio e l'altro cadde all'indietro, prima urtando con la schiena contro il tetto del treno e poi rimbalzando via, nel vuoto.

Jo non avrebbe più scordato il grido che fece quando atterrò con gambe e sedere su uno dei grossi cactus di fianco alle rotaie. Vide la pianta spugnosa curvarsi sotto il peso dell'uomo, farlo scivolare via e poi rialzarsi, in una nuvola di spine.

«Ahi! Deve aver fatto male!» disse Chico, dando voce al suo stesso pensiero.

Guzman doveva esser sopravvissuto alla caduta, ma sicuramente non l'avrebbe più scordata. E non si sarebbe seduto per un bel pezzo.

Fabiano si rimise in piedi, salutò e poi gridò qualcosa, sbracciandosi e facendo segno verso la predellina.

«Va bene!» fu la risposta di Daniel.

Poi, lui e Valentina si voltarono.

«Scende a occuparsi di Corradin. Andiamo!» spiegò la *soldadera*.

Chico e Johanna si voltarono e si affrettarono a seguire Pancho Villa, che saltava sul vagone successivo.

Il treno si snodava come il dorso di un grande serpente, in corsa lungo il mare di rocce rosse e colline pietrose. Il cielo era una lastra di zaffiro. Johanna ormai aveva preso il ritmo e riusciva a muoversi con una certa velocità, nonostante gli scossoni della corsa.

Il piano era semplice. Ovviamente non potevano rischiare le predelline e le porte dei vagoni: avrebbero usato un'altra via. Dovevano arrivare al vagone di prima classe, dall'alto, senza farsi scoprire poi… sarebbe venuto il resto. Scendere non sarebbe stato facile. Per niente. Non potevano sapere quanti uomini di Aceveda avrebbero incontrato. E dopo, ci sarebbe stato lo scontro. Forse una battaglia.

La prospettiva spaventava la ragazzina, ma non aveva paura. Non in quel momento.

Sto cavalcando un treno, si disse mentre metteva con attenzione un piede dopo l'altro sul tetto ricurvo del vagone. *Il treno mi porta verso casa, come una preghiera che sale in cielo, Carbón, come una lettera che attraversa il mondo, ma io non mi faccio trasportare e basta, cammino sopra il treno per superare i banditi che vogliono impedire tutto questo sparandoci addosso.*

Si fermò un attimo e si scoprì a sorridere.

Sto vivendo un'avventura e non ho paura!

Per quanto assurdo, pericoloso e folle, era tutto bellissimo. Aprì le braccia e alzò lo sguardo al cielo. Stavano andando veloci, ma la grande volta del cielo era sempre lì, apparentemente immobile, con solo la scia di fumo nero che vi ribolliva a indicare un qualche cambiamento.

«Ehi, stai bene? Gira la testa?» le chiese Chico, sempre al suo fianco.

«Tutto bene» rispose. «È divertente, vero?»

Lui la guardò come se fosse impazzita.

«Ah, sì, un vero spasso, guarda» fu la risposta sarcastica. «Sai cosa ci fanno se ci prendono?»

Johanna allora lo prese per mano e il valletto deglutì a vuoto.

«Gra-grazie! Ma così, se cado io, cadrai anche tu» protestò in modo poco convinto Chico. «Insomma, cadiamo in due, no?»

«Non cadremo».

«Ma se io...»

«Non cadremo, Chico. Stai tranquillo. È una grande avventura, questa, e sono contenta che tu sia mio amico».

Il ragazzo arrossì come un sole al tramonto. Tenendosi per mano camminarono fino al varco successivo tra i vagoni. Saltarono, come se stessero volando sopra un burrone, oltre il fossato di un castello, attraverso i Sette Mari e i deserti d'Arabia.

Saltarono, per riconquistare la libertà e la vita delle persone che avevano affidato le proprie preghiere al cuore di ghisa di Rosario.

Purtroppo, la magia non durò a lungo.

Jo e Chico avevano appena fatto il salto che li aveva portati sull'ultimo vagone di seconda classe. Davanti a loro, Pancho Villa, agile come un funambolo, aveva guadagnato terreno e ora era quasi alla fine della carrozza, pronto a passare sulla prima classe.

Davanti a Villa e dietro di lui, alle due estremità del suo vagone, due uomini di Aceveda fecero capolino. Quello più vicino a Johanna era il soldato dai pantaloni stracciati e dal viso sottile: Hector Espada. L'altro, di fronte a Villa, che ormai si era accorto della minaccia, era Pedro Solina. I pochi capelli che aveva sulla testa rotonda svolazzarono sotto la spinta dell'aria.

Espada era lontano da Villa. Notando Jo e Chico, decise di occuparsi di loro.

«Oh, no!» disse il ragazzo vedendolo.

Intanto, Jo fissava Villa che si era gettato contro Solina, saltandogli addosso prima che finisse di estrarre la propria arma. La pistola gli volò via dalla mano e Johanna la seguì con lo sguardo mentre sbatteva contro uno dei pali del telegrafo che correvano di fianco alle rotaie.

«Adesso vi concio io per le feste!» ringhiò Espada. «Mani in alto!»

Chico lasciò la mano di Johanna, mentre l'uomo prendeva dal fodero la propria pistola. Era un'arma dalla canna lunga, argentata. Espada finì di salire sopra il loro vagone e puntò la pistola, a braccio teso. Era distante alcuni passi, troppi perché potessero saltargli addosso. Dava la schiena a Villa e alla testa del treno. Jo vide che Villa e Solina lottavano, avvinghiati sul tetto della carrozza. Lei e Chico non avrebbero mai potuto fare altrettanto. Forse Daniel Carmin... ma no, anche lui era troppo lontano.

La ragazzina sollevò le braccia.

Intanto, il treno si stava avvicinando a un qualche tipo di stazione. Forse un semplice punto di rifornimento. Si vedevano il serbatoio per l'acqua, una specie di casa e vari pali, disposti dalla parte opposta alla linea del telegrafo. C'era anche una torre fatta di tralicci di legno, più lontana. Questa e la struttura con il serbatoio avevano i propri bracci tesi sopra le rotaie. Il tubo dell'acqua passò sopra il comignolo di Rosario, aprì in due il flusso di fumo della locomotiva e corse sopra il primo vagone. Passò alto sopra Villa e Solina, stesi in un corpo a corpo sul tetto del vagone. A solo mezzo metro sopra di loro, giusto all'altezza della testa di Johanna.

Lei non ci pensò due volte: si buttò in basso. Chico fece altrettanto, con un urlo. Anche Valentina gridò. Forse con un po' di fortuna...

Espada si gettò in avanti, imprecando in qualche dialetto che Johanna non conosceva. L'uomo tenne addirittura la presa sulla pistola e si rialzò subito, sghignazzando.

Niente da fare.

«Grazie!» le disse guardandola in faccia. Aprì la bocca in un grande sorriso, pieno di scherno e mostrando i buchi dei denti mancanti. «Grazie mille, quando ti ho visto così spaventata... Fiuuu! C'è mancato un pelo».

Johanna si sentì avvampare. Li aveva giocati. Erano perduti. Li avrebbe uccisi lì dove si trovavano. O li avrebbe catturati.

Era finita.

Lanciò un'occhiata a Villa, impegnato con Solina e vide che Rosario aveva ormai raggiunto e superato il piccolo edificio di quella strana stazione abbandonata e si avvicinava alla torre di legno e...

«State giù!» gridò Johanna, lanciandosi nuovamente verso il tetto del vagone.

Chico la imitò. La ragazzina non si arrischiò a guardare, sperando che Valentina e Daniel facessero lo stesso.

Hector Espada l'aveva imitata nuovamente. Si era buttato sul tetto una seconda volta.

E per la seconda volta ora si rialzava, ridendo.

«Non ci posso credere!» esclamò l'uomo con voce stridula. «L'hai rifatto! L'hai fatto di nuovo. Ehi, ma dove...»

Johanna rimase sdraiata. E con la mano fermò Chico prima che si rialzasse.

Espada dava la schiena alla locomotiva e non poteva vedere il nuovo pericolo.

«Ma che cosa...?»

Non fece in tempo a dire altro, riuscì solo a voltarsi.

La trave di legno della torre a traliccio lo prese in pieno petto e lui ci si aggrappò con entrambe le braccia, venendo sbalzato via dal treno.

Johanna aveva visto arrivare la torre e aveva bluffato. L'altro aveva abboccato, abbassandosi prima del tempo e rialzandosi proprio quando il braccio era su di lui.

Sentì la risata di Daniel e guardò in direzione della coda del treno. Espada era ancora aggrappato al palo di legno, che urlava e scalciava come un bambino.

Jo tornò a guardare in avanti, verso la locomotiva. C'era un uomo, steso sul tetto del primo vagone, immobile. E un altro, in piedi sopra la figura accasciata. Era Pancho Villa, con la giacca strappata ma vittorioso, che faceva loro cenno di affrettarsi.

Cap. 17

ALLA RISCOSSA!

Terra rossa che fluiva come un fiume in piena. Cespugli spinosi che sfilavano in macchie confuse. E le pietre delle colline, grandi lastre piatte, inclinate come tavoli sgangherati, sotto il cielo della Sierra Madre. Il treno viaggiava spedito verso nord e il panorama annunciava a Daniel che ormai dovevano essere prossimi alla destinazione.

Non avevano più tempo: dovevano agire e dovevano farlo subito.

Finora erano stati enormemente fortunati, Daniel Carmin ne era certo. Al punto che adesso non avevano più alcun diritto di sperare in un altro po' di fortuna.

«Siete sicuri, allora? È qui?» Pancho Villa, accucciato vicino a lui, guardava ciò che Daniel e gli altri stavano osservando: una piccola scaletta di ferro che scendeva lungo la fiancata della prima classe.

Terminava vicino a un portello, grande a malapena per far passare un uomo.

«Sì» rispose il finto aiutante di nome Johanna, il volto teso. «Quel portello scorre lungo la fiancata e dà in uno degli scompartimenti. Di fianco a quello di Bierce. Speriamo che sia ancora qui e che non l'abbiano portato via. E che ci sia la sua pistola».

«Non è mai piaciuto, davvero, ad Aceveda» brontolò il generale. «Credo sia perché non l'ha mai capito, il mio *'mano*».

Villa sembra un oceano fatto uomo, realizzò Daniel. *Un attimo prima gioviale, quello dopo pronto a combattere. Non dev'essere sempre bello averlo come nemico.*

«Ecco, vedete le guide? Forse è un vagone che è stato riadattato». Ora era stato l'altro valletto a parlare. «Anzi, voglio dire, di sicuro è così, perché questo treno è una novità per il Messico ed è speciale e...»

«Va tutto bene, ragazzo» gli disse Villa mettendogli una mano sulla spalla. «Possiamo aprirlo, dicevate?»

Il valletto deglutì.

Daniel vide che stava arrossendo. Sì, stava diventando rosso in viso, addirittura più di quanto arrossisse lui stesso quando era imbarazzo, e aveva il pomo d'Adamo che saltava come un pulcino.

«C'è un gancetto, *señor*. Ma lo possiamo aprire. Però... dobbiamo farlo noi, perché non è facile dirvi dove si trova e...» Prese il temperino e ne scoprì la lama. «Oh, insomma, lo faccio io».

«Fai attenzione» gli disse Valentina, seduta di fianco a Daniel. Anche lei si sporgeva oltre il bordo del tetto a guardare, anche se il suo compito era quello di fare da sentinella, nel caso in cui gli uomini di Aceveda fossero tornati.

«Certo» rispose Chico.

«Davvero, attento» insistette lei. Daniel la vide accarezzare il viso del ragazzino che si portò una mano alla guancia come se scottasse. Aprì la bocca, poi la richiuse. La aprì di nuovo e la tenne aperta tanto a lungo che Villa cominciò a ridacchiare.

«Meglio se ti decidi, Chico» incalzò Johanna.

Le donne!, pensò Daniel. *Perché accidenti l'avrà accarezzato in un momento come questo? Non vede che è già così nervoso che rischia di cadere?*

«Avanti, ti aiuto» disse porgendogli la mano.

«Grazie» rispose il valletto, prima di scendere. «Ehi, credevo di essere l'unico che arrossisse in questo modo. Sei tu quello che chiamano Rojo, vero?»

Scendere la scaletta era difficile, molto più difficile che non lottare sopra il tetto di un vagone. Il ragazzino, però, era agile come una scimmia.

Si fermò vicino al portello, si resse con una sola mano e con l'altra infilò la lama del temperino nella fessura dell'anta. La fece scorrere verso il basso e poi di nuovo in alto, fin quando non parve soddisfatto. Chiuse la lama e si rimise in tasca il temperino.

«Va bene, entriamo!» gli disse Daniel.

Chico cercò una presa con le dita sul portello e poi lo fece scorrere di lato, lungo le guide sulla fiancata del vagone. Appena ci fu un varco sufficiente, si buttò all'interno. E fu allora che Daniel lo sentì gridare.

«Ahi, no! Ahia!»

Le gambe del valletto scalciarono nell'aria. Era per metà dentro il vagone e per metà fuori.

«Cosa succede? Arrivo!» disse Daniel, scendendo ancora lungo la scala.

Non poteva passare però: il corpo di Chico bloccava completamente il varco.

«Ahi, ahi! No, per favore, un attimo. Ahia!»

E a un certo punto il valletto scivolò del tutto all'interno, come se qualcuno l'avesse afferrato con la forza di un gigante e tirato dentro.

Sono loro, ci hanno scoperti! Adesso gli sparano. Poi spareranno anche a noi. E non abbiamo nemmeno un coltello per difenderci...

Daniel si gettò dentro a propria volta. E subito qualcosa gli sbatté sulla testa. Qualcosa di voluminoso e morbido, anche se pesante. E dal forte profumo di rose.

«Via! Via! Bruti! Barbari, via!»

Daniel alzò le mani per proteggere la testa, ma era impossibile fermare la grandinata di colpi che lo raggiungeva. Si ritrovava a quattro zampe, di fianco a Chico. E qualcosa di voluminoso e pesante lo stava colpendo ripetutamente, alle spalle, alla schiena, alla testa.

«Ma no, aspetti!» protestava il valletto. «Sssh! La prego. Ahia! No! *Señora* Pilar, aspetti, io... Ahi!»

Adesso basta!, si disse Daniel. Si era aspettato di tutto,

che Bierce aveva lanciato in quei giorni. Aveva avuto paura che il gringo fosse tra i traditori, ma i fori di proiettile sulla porta avevano dissipato le sue paure.

Mise la mano sulla maniglia d'ottone e provò ad aprire.

«È chiusa» annunciò. E bussò.

«No, aspetta!» gli disse Johanna strattonandolo.

Dall'interno si alzò una voce.

«Andate via, maledetti! Non ho niente, per voi, se non piombo caldo!»

E poi si udirono due spari. Altrettanti fori comparvero nel legno della porta, mentre schegge di legno volavano impazzite. Uno dei colpi centrò il finestrino nel corridoio, mandando in pezzi i vetri.

«Smettila di sparare, vecchio caprone, siamo noi!» ruggì Villa.

«No, aspettate, non così» disse ancora Johanna sforzandosi di parlare più forte.

Daniel la vide avvicinarsi e bussare in modo strano.

Cinque colpi rapidi. Il primo, da solo, e poi gli altri, in due coppie.

Toc! To-toc! To-toc!

Dall'interno non si sentì nulla se non, a un certo punto, rumore di piedi trascinati.

Poi la serratura che scattava.

La porta si aprì di qualche centimetro e Daniel vide la canna di una pistola. Dietro di questa, un pugno magro e nervoso. Era il Vecchio gringo, con gli occhi spiritati e la pelle del viso tirata sulle ossa spigolose. I folti capelli bianchi erano spettinati e si teneva la vestaglia chiusa con una mano.

«Ben trovato, *hermano*» gli disse Villa. «Ci fai entrare? Non abbiamo molto tempo, con il fracasso che hai fatto ci saranno addosso in un istante. E abbiamo bisogno di aiuto».

Lo scompartimento era sottosopra, invaso dai vestiti e dagli effetti personali, proprio come quello della signora Pilar. Ma qui, su una sedia, c'erano anche delle bende insanguinate.

«Sei ferito» disse Villa.

Daniel stava alla porta socchiusa, a controllare che non arrivasse nessuno.

Valentina era dietro di lui. La ragazzina aveva aiutato Bierce a sedersi sulla sedia accanto al tavolino, ingombro di carta e taccuini. E stava tenendo la mano dell'americano, che le parlava con voce sommessa.

«Ecco, ci siamo. Funziona proprio così: tutto pare perduto e questo è il momento in cui l'eroe si spoglia delle sue cose» lanciò un'occhiata obliqua a Villa. «Anche dei suoi travestimenti e inganni. È pronto per rinascere, per diventare qualcosa d'altro. Il valletto Juan se n'è andato, è tornata Johanna. Sei pronta per dare la scalata al cielo».

Bierce concluse posando la pistola su un quaderno. Aveva parlato con aria stanca, sofferente.

«L'abbiamo già fatta la scalata verso il cielo» gli rispose la ragazzina.

Chico ridacchiò.

«Ah, sì?» chiese il vecchio con espressione attenta. «E infatti sei cambiata. È come un rito di passaggio, vedi? Una vera impresa! Molti popoli fanno vivere avventure ai loro giovani quando diventano adulti, sai? E ora tocca a te».

«Sei ferito» lo interruppe Villa. «È grave?»

«Certo che sono ferito!» sbottò l'americano.

«Cos'è successo, volevano catturarti?»

«No. Volevano ammazzare te. Ma non è successo oggi, bensì a Ojinaga».

Lo scompartimento tornò silenzioso. Il tempo parve scandito dai colpi delle ruote sui binari.

«Questa maledetta non vuol saperne di chiudersi. Stava andando meglio, poi quei traditori hanno cercato di entrare per catturarmi o non so che cosa. Lo sanno bene che posso solo scrivere ormai».

E fece una cosa strana, stranissima: l'occhiolino a Johanna.

«Dovevi dirmelo».

Bierce fissò Villa negli occhi.

«Non diciamo sciocchezze» rispose. «Ti saresti messo in testa qualche follia, come portarmi a San Francisco nel momento in cui avresti dovuto marciare verso Città del Messico. È già tanto se lascio che mi porti in Texas. Te l'avevo detto che era una stupidaggine. E te l'aveva detto anche il ragazzo, nella casa di suo padre!»

Daniel raddrizzò le spalle. Stava guardando fuori, ma quando sentì quelle parole si voltò e vide che l'indice di Bierce era puntato verso la sua schiena. Un brivido lo percorse.

«Stavi male» obiettò Villa. «Stai ancora male, ma credevo fosse solo una polmonite o una febbre. Se l'avessi saputo...»

«Appunto. Finiamola qui. Stavo abbastanza bene. Saremmo arrivati a El Paso, ci saremmo salutati e io avrei trovato un medico. O un becchino. E tutto sarebbe andato come avrebbe dovuto. Ora, invece, quei traditori hanno cercato di prendermi e ho dovuto sforacchiare la porta, ma questo mi ha costretto a muovermi in fretta e la ferita si è riaperta. Mi sono rappezzato da me, e andrà tutto bene se posso starmene qui buono, a riempirmi la pancia di whisky e la testa di parole da mettere su carta. Sono molto grato per questa missione di salvataggio, ma devo declinare l'invito. E poi che idea avreste: farmi saltare da un treno in corsa?»

«Riprenderò il treno» rispose Villa. Parlava piano e con gli occhi stretti a fessura. Sembrava si stesse confidando, o cercasse di consolare l'altro. «C'è un mio uomo e la sua famiglia che ci aspettano a Esperanza, una piccola stazione di rifornimento, appena prima del confine. È sempre stato questo il piano. Ti porteremo da un medico bravo, ce la faremo. Ma mi serve la tua pistola».

«È tua».

I due uomini rimasero a guardarsi intensamente. In silenzio.

Daniel comprese in quel momento la profondità del legame speciale che li univa. L'uomo d'azione, il condottiero, il rivoluzionario e lo scrittore, dalla mente tagliente come un pugnale, che aveva rischiato la vita per l'altro. Stava osservando un'amicizia unica. Ma c'era anche dell'altro. Bierce ogni tanto lanciava occhiate alla ragazzina che ricambiava lo sguardo allo stesso modo. Anche quei due avevano un legame forte. Forse perché erano americani entrambi, forse perché avevano parlato a lungo.

«Dov'è Aceveda?» domandò il generale alla fine.

«Non ne ho idea, ma so dove vorrei che fosse: all'inferno» rispose il Vecchio gringo.

«Vorrà essere sicuro che ci fermiamo a Fuego Loco» intervenne la ragazzina.

«Sarà nella locomotiva, con il macchinista» disse ancora Villa. «Daniel, Valentina, a voi il resto del treno».

«Siamo con lei, generale» rispose Daniel fiero. «Abbiamo giurato di lottare per lei, non ci tireremo certo indietro, arrivati a questo punto».

Valentina annuì.

Villa allungò la mano e loro la strinsero.

«Grazie. Mi onorate con la vostra fedeltà. Grazie, Daniel Carmin, sei il degno figlio di tuo padre. Tra poco arriveranno, di sicuro. Fermateli, impegnateli, non lasciate che raggiungano la locomotiva e questo vecchio mulo *yankee*».

«Sì, generale» rispose Valentina. Daniel aveva il cuore troppo gonfio di orgoglio per dire qualcosa.

«Voi due,» disse Villa rivolto ai ragazzini «starete qui. Avete rischiato già fin troppo».

«No, vengo anche io!» rispose Johanna.

Tutti la guardarono stupiti. Bierce le mise una mano sulla spalla, ma non la contraddisse.

«Ragazzina, farai quello che ti ho ordinato, oppure ti farò legare» le disse Villa.

«No! Voglio vedere cosa è successo a Rosario! Voglio vedere come sta Carbón! E poi... ho imparato! So portare la locomotiva! Posso essere utile!»

Pancho Villa sogghignò e, ancora una volta, il suo viso parve quello di un predatore.

«Non ho la più pallida idea di che cosa tu stia dicendo e non so chi sia questa Rosario, ma...»

Bierce lo interruppe.

«Ti prego, lasciala venire. Sarà il momento cruciale della sua vita, lo so, lo sento. Ne abbiamo parlato tanto, io e lei, di quali siano le ragioni per cui valga la pena vivere e dare il tutto per tutto. Lasciala venire. Potrai sempre tenerla in disparte».

Il collo di Villa si gonfiò e il generale strinse gli occhi. A Daniel parve sul punto di scoppiare.

«Non vedo l'ora di essere in Texas e vederti andare via, vecchio pazzo! Pancho Villa non si è mai arrabbiato tanto con un gringo a cui non abbia poi sparato!»

Bierce ridacchiò piano, con il respiro sibilante.

«La stima è reciproca, *mi compadre*. Reciproca».

Erano nel corridoio, con la porta di Bierce chiusa e quella della Pilar aperta. Chico era rimasto con l'americano. Daniel vide i piedi di Johanna scomparire oltre il portello aperto nello scompartimento della donna. Poi la signora Pilar richiuse l'apertura e si sedette sul letto, sbuffando e sistemandosi una chioccia ribelle.

Daniel non aveva trovato arma migliore di una bottiglia vuota di whisky, dallo scompartimento di Bierce. Nell'altra mano aveva la chiave del treno, che Chico gli aveva lasciato. Villa aveva preso la pistola.

«Ce la faremo?» domandò Valentina.

«Lo spero. Dovremo essere attenti, veloci, e... loro hanno le pistole, noi solamente questa. Ma sai una cosa? Non dobbiamo lasciare loro il tempo di salire sul tetto e dare la caccia al generale e fermarlo».

«Sono con te».

«Grazie. Se siamo fortunati, e se riusciamo a non farci accoppare nei primi istanti, Fabiano sentirà i rumori di lotta e interverrà in qualche modo».

Valentina non disse nulla.

«Resta dietro di me. Cercheremo di procurarci una pistola, in qualche modo».

La signora Pilar si alzò e si avvicinò ai ragazzi.

«Moriremo, vero, se non ce la farete?» domandò con aria seria. Tutte le frivolezze erano scomparse.

«Può darsi» le rispose Valentina. «Vogliono far precipitare il treno da un ponte».

«E voi volete fermarli con un'arma sola?» La donna strinse le labbra e fece oscillare la testa con disapprovazione. «Voltati, giovanotto».

Prima che Daniel potesse fare alcunché, la signora Pilar puntò un piede contro lo stipite della porta, in modo da sollevare la gamba. Poi alzò l'orlo della gonna e della sottana, fino a mostrare la coscia avvolta da una calza scura.

«Daniel, girati!» gli ordinò Valentina.

Ma lui non poté farlo. La calza era tenuta ferma da una giarrettiera nera, in cui era infilata una piccolissima pistola, dal calcio bianco di madreperla e con due piccole canne sovrapposte.

Il ragazzo era a bocca aperta.

«Ecco qui» disse la signora Pilar riabbassando gonna e gamba. Gli tolse la bottiglia di mano, passandola a Valentina, e gli mise in pugno la piccola pistola. «È carica e ha due colpi. Cercate di usarli bene. E di non farvi ammazzare».

Gli accarezzò una guancia e poi fece altrettanto con Valentina.

«Grazie, *señora*» rispose la ragazza.

Daniel deglutì, con il volto bollente. Era sicuramente arrossito.

La signora Pilar aveva richiuso la porta. Erano soli nel corridoio. Daniel incontrò gli occhi di Valentina. Profondi, luminosi, bellissimi. Anche con il viso segnato dal colpo che l'aveva stordita, era una ragazza magnifica.

«Andiamo a combattere, Daniel Carmin. Per la Rivoluzione, per Pancho Villa».

«Per tutti noi e per i nostri amici» le rispose lui.

Deglutì a vuoto.

Cominciò a muoversi verso la seconda classe, ma Valentina lo fermò.

«Buona fortuna» gli disse con un lampo negli occhi.

Poi lo baciò.

Le sue labbra erano morbide e dolci come una mattina di primavera. Come un sogno.

Daniel non avrebbe dimenticato mai più quel momento.

«Ehi, non sei arrossito!» osservò Valentina.

Cap. 18

DALLA PADELLA...

Rosario sbuffava con regolarità e il Messico sembrava scomparso, inghiottito da una gola di alte colline di pietra rossa. La locomotiva viaggiava come una palla di cannone in un corridoio. Le pareti di roccia si rimbalzavano l'eco del suo passaggio e l'aria stessa pareva vibrare.

Johanna e Pancho Villa salirono con cautela sul tetto della prima classe. Non c'era nessuno ad aspettarli. L'uomo le mise una mano sulla schiena e la fece abbassare.

«Non voglio che ti metta nei guai, adesso. Sei una ragazzina coraggiosa, ma non tanto intelligente. Se lo fossi stata, intelligente dico, te ne saresti stata buona buona in un angolo, invece di rischiare il collo con noi soldatacci, eh?» Villa terminò la frase facendole l'occhiolino.

«Ma voi soldatacci mi piacete» gli rispose. «E questo è il treno che mi deve portare dalla mia mamma. Non potete essere gli unici a rischiare».

Il generale sporse le labbra in una smorfia di approvazione.

«*Muy bien!* Ma voglio che resti lontana dai guai. Se ci sarà da lottare, lo devo fare io. Se ci sarà da prendersi qualche pallottola, è a me che spetta, intesi?»

Jo fece segno di sì con la testa, mentre i codini le volavano dietro la nuca come se volessero spiccare il volo e tornare a Città del Messico. Il generale impugnò la pistola di Bierce e la armò. In pochissimo tempo raggiunsero la fine del vagone e arrivarono alla "scatola" di acciaio del tender. Il cumulo di carbone era molto alto. Videro un movimento: un cappello, spalle curve, una pala. Era Justin che spalava.

Jo fece cenno a Villa che andava tutto bene e si preparò a saltare. Lui balzò per primo, superando di slancio lo spazio che separava il vagone dal tender e atterrò sul carbone.

La ragazzina fece lo stesso e si mosse subito in avanti, aggrappandosi ai pezzi di carbone con le mani, cadendo, sbucciandosi le ginocchia, infine rialzandosi.

Non fare rumore, non fare rumore!, si disse mentalmente.

Una volta giunta in cima, si sdraiò contro il cumulo di combustibile. Justin la vide, fermo a metà movimento. L'uomo dalla pelle scura spalancò gli occhi, ma Jo non riuscì a capire se fosse di stupore o spavento. O altro.

Lei si portò subito un dito alle labbra facendogli cenno di non dir nulla. Lui raschiò rumorosamente la pala contro il carbone, ne raccolse un po' e si voltò per sfamare il forno.

Poi richiuse lo sportello e scomparve.

Visto da dentro, il tender era una specie di scatola a cielo aperto. Di fronte, Jo aveva lo sportello dove Justin infilava la pala, troppo piccolo per passarci, e la porta che ogni tanto il fuochista apriva per spaccare le pietre di carbone o ridistribuire il minerale. Per fortuna c'era molto carbone e sulla destra arrivava fin quasi alla sommità delle pareti.

Villa le diede uno sguardo e poi si diresse da quella parte. Lei gli stette di fianco. Poi il generale si erse per tutta la propria altezza e puntò la pistola.

La ragazzina vide l'interno della locomotiva, con i controlli e il forno appena chiuso. Carbón, a sinistra, dava loro le spalle. A destra, appoggiato al parapetto, che guardava fuori, c'era l'uomo che Jo aveva sentito chiamare Pancracio Manteca. Vestiva con una camicia gialla e un grande sombrero sulla schiena. Nella mano sinistra aveva una pistola, ma il braccio era disteso lungo il fianco. Aveva un coltello in uno stivale.

«Mani in alto!» urlò Villa per farsi sentire sopra la voce del treno.

Pancracio voltò la testa e fece per reagire.

«Ho detto "mani in alto"» ripeté il generale. «Non te lo dirò un'altra volta, Manteca! Credimi, niente mi renderebbe più felice che farti un buco in testa».

Carbón si voltò piano, sollevando le mani e tenendole alte. Anche Justin indietreggiò da sotto il tender, comparendo di fianco al macchinista. Pancracio si girò del tutto, con ancora la pistola in mano. Aveva la bocca coperta da un cespuglio di barba bruna e piccoli occhi neri.

«Buttala!» intimò Villa. «Fuori dal treno».

L'altro obbedì e la pistola si perse in mezzo alla gola.

«State bene?» chiese Johanna, incapace di trattenersi ancora.

Carbón strinse le labbra, con aria seria. Justin aveva gli stessi occhi sgranati di prima.

Qualcosa non va, comprese Johanna. *Ma cosa?*

«Molto bene. Fermo dove sei, cane traditore» ringhiò Villa, avvicinandosi alla paratia e preparandosi a saltare. «Fai una sola mossa falsa e ti faccio secco».

Poi, agile come un cervo, il generale posò la sinistra sulla paratia e si lanciò oltre. Volteggiò sopra il bordo e atterrò nella cabina di guida.

Johanna, immobile, poteva vedere le spalle larghe e la grossa testa ricciuta di Pancho Villa.

«Per te è finita, Manteca. Per te e il tuo gruppo di traditori».

«Brutto errore, generale» fece l'altro con un mezzo ghigno.

«Non è il momento per fare gli sbruffoni» rispose Villa.

E fu allora che, nonostante il rumore del treno, Johanna udì un suono tanto disgustoso quanto odioso alle sue orecchie.

Ptui!

«Mani in alto, Pancho».

Johanna valutò dove fosse Aceveda. Probabilmente sulla predellina del tender, appoggiato alla parete frontale e per questo nascosto alla sua vista. Quando Villa era sceso nella cabina della motrice, l'aveva scavalcato con un salto e non l'aveva notato. Così, ora, il capitano li aveva in pugno.

Il generale sollevò le braccia. Johanna vide comparire la

mano di Aceveda, che prese dalle dita del generale la pistola di Bierce e la passò a Pancracio.

«E tu ragazzo... Sì, so che ci sei, ti ho sentito parlare, scendi». Aceveda si stava rivolgendo a lei credendola ancora Juan, l'aiutante.

«Tu, apri la porta» disse il capitano traditore a Justin, che lo fece e poi si ritrasse. Johanna vide che aveva l'espressione addolorata. Anche Carbón era triste.

La ragazzina emerse piano dall'apertura e guardò a destra. Era proprio come aveva intuito: all'arrivo di Villa, Aceveda doveva essere appoggiato alla parete del tender e il generale l'aveva semplicemente scavalcato.

«Bene, bene, guarda che sorpresa. Una ragazza?» ridacchiò il traditore, impugnando la propria pistola con la destra, mentre con la sinistra si infilava una presa di tabacco in bocca.

Jo e Villa erano ora in piedi, contro la parete del tender, dove li aveva attesi Aceveda, che invece si trovava contro il parapetto di Rosario, assieme al complice, a destra della bocca del forno.

«Come mai ti sei fatta passare per maschio?» le chiese ridacchiando in modo disgustoso.

«È stata un'idea del capotreno, quando vi ha visti arrivare. Non sapeva chi foste».

«E come mai?»

«Mio padre mi ha spedita da Città del Messico».

«Ti ha cacciata, eh?» Un sogghigno si fece largo nel volto rugoso di Aceveda.

«Ho detto che mi ha spedita. Con francobolli e tutto. Così ho viaggiato di nascosto. Ci sono persone che se mi prendessero mi userebbero contro di lui».

Aceveda scosse la testa, incredulo.

«Che storia avvincente. Non temere, però, ragazzina, nessuno ti prenderà più, a questo punto».

«Perché mi ucciderai assieme a tutti gli altri? Quando farai precipitare il treno?»

Aceveda rimase stupito.

«Sappiamo tutto, *'mano*» disse Villa, con voce profonda.

«Non sono più il tuo *hermano*, Pancho. Sono stanco di essere il tuo *hermano*, di cavalcare ancora per la Sierra, di dormire sulla roccia, di muovermi ancora come un ladro di bestiame».

«E che cosa vuoi?»

«Una volta avrei voluto vincere assieme a te. Adesso mi accontento di stare tranquillo. Avresti potuto farlo, sai? Avresti potuto vincere tutto, chiudere la guerra civile, finire la Rivoluzione» protestò Aceveda. «Ti sarebbe bastato marciare su Città del Messico, ormai sei popolare! Come governatore di Chihuahua hai dimostrato di essere in gamba a governare... Ma no! Tu non vuoi fare il presidente!»

«Sono stato tante cose, ma non posso essere il capo di una nazione».

Aceveda fece un versaccio.

«Davvero? Anche modesto, l'eroe di Ojinaga, il Centauro del Nord! E allora fai ancora il gregario? Nemmeno il governatore vuoi fare! Avrei potuto sistemarmi, sotto di te. Prendere una *hacienda*, fare il mandriano. Sono stanco di combattere. È ora che qualcuno la faccia finita».

«Ed è questo il modo? Consegnandomi? A chi, poi? Gli americani? Il loro presidente Wilson mi ammira, mi stima, ha sposato la causa del popolo!»

«Sei solo un illuso. L'amicizia di Wilson non durerà».

«Tu te ne intendi di amici che tradiscono, eh?»

Lo scambio di battute tra Villa e Aceveda andava facendosi teso. Pancracio Manteca seguiva la conversazione tenendo la pistola in mano, ma senza puntarla davvero.

«Fai suonare il fischio di questo treno» ordinò Aceveda.

Carbón obbedì.

«Ancora, tre fischi, uno dopo l'altro».

La voce di Rosario si alzò verso il cielo.

Dopo poco, lontano, si udì un clacson. Tre note brevi.

«Ci siamo, Pancho».

«I tuoi complici. *Federales?*» domandò Villa.

Aceveda sputò sulla grata del pavimento.

«Il diavolo si porti i *Federales*! No, questi sono "indipendenti"».

«Mercenari» sentenziò Villa.

Rosario sbuffava e divorava metri di strada ferrata con regolarità. Il forno ruggiva e soffiava calore. Qualche tubo perdeva acqua e olio, che sfrigolavano incontrando le superfici arroventate. L'aria era calda e pesante.

«Cosa succederà, adesso?» chiese Johanna.

«Non ti preoccupare. Ci fermeremo, il generale e io scenderemo e voi ci aspetterete, qui sul treno. Dovremo sistemare una faccenda e poi vi faremo segnale di ripartire. E potrete andare in Texas. Contenta?»

Lei sbuffò.

«Minerai il ponte. Lo farai saltare. Ci ammazzerai tutti. E distruggerai il treno».

Aceveda la fulminò con lo sguardo.

«È vero?» domandò Carbón, con la mano sul regolatore.

«Rallenta».

«È vero? Vuoi distruggere il treno e ammazzare tutti?»

Il capitano Aceveda ebbe uno scatto d'ira e si girò verso Johanna digrignando i denti.

«Hai una brutta linguaccia, ragazzina!»

«Sono salita su questo treno come una lettera, io. E non sempre le lettere portano buone notizie, no?»

«Sei un vigliacco» disse piano Villa. «Vuoi ammazzare tutta questa gente per il tuo tornaconto, per un pezzo di terra e dell'argento. Ignacio Morejos de Casal y Aceveda, mi vergogno di averti chiamato fratello».

«Non mi fare la morale!» gridò ancora il traditore.

E mentre inveiva contro Pancho Villa, Johanna ne approfittò per guardare Carbón e Justin.

Il fuochista osservava a terra, ma il macchinista...

Carbón la stava fissando! Aveva il viso teso, le mascelle strette e gli occhi accesi.

Colse il suo sguardo e l'uomo indicò rapidamente verso il basso. Lei seguì lo sguardo e...

«Dobbiamo aggiungere combustibile» disse Carbón alzando la voce. «Altrimenti rischiamo di perdere pressione e senza pressione non posso controllare bene il treno. Potrebbe non fermarsi».

Johanna non capiva cosa stesse dicendo il macchinista, quella frase era una sciocchezza.

«Cosa vuoi dire? Senza pressione il treno non dovrebbe fermarsi?» chiese il capitano.

Carbón si appoggiò al parapetto e si sollevò il cappello.

«Questo non è un cavallo, che gli dici "oooh" e lui si ferma. Questa è una macchina da centinaia di tonnellate, lanciata sulle rotaie da giorni. Ci vuole una forza enorme per controllare le ruote e i freni pneumatici. Questa forza proviene dalla caldaia e dal forno. Ma tu non mi vuoi dar retta, minacci me e i miei amici con le tue armi. A me non interessa se questo treno non si fermerà dove vuoi tu. Sarai stato tu a volerlo».

Lo sta prendendo in giro, realizzò Johanna. *Ha in mente qualcosa.*

Aceveda si girò in bocca il tabacco rimasto e masticò, senza perdere di vista nessuno. La sua faccia sembrava una borraccia vuota.

«Va bene, procedi» rispose il capitano.

Johanna guardò Pancho Villa. Carbón stava per fare qualcosa e qualsiasi cosa fosse avrebbe dato loro un'occasione per agire, ne era certa. Doveva avvisare il generale.

Guardami, guardami!, pensò la ragazzina.

Villa osservava Aceveda e la pistola, ma non lei.

Guardami! Oh, ti prego, guardami, accidenti!

Il generale sbuffò e fece roteare gli occhi, proprio mentre Aceveda e Pancracio si scambiavano una risata. Finalmente la fissò.

Johanna ne approfittò e alzò di scatto le sopracciglia, proprio mentre gli occhi di Villa erano sul suo viso.

L'altro non reagì, non fece nulla, se non tornare a guardare Aceveda.

Speriamo che abbia capito...

Justin prese la pala, aprì il portello del tender e cominciò a raccogliere combustibile. Gettò una palata nel forno aperto, si voltò, ne prese un'altra e gettò anche quella.

Nel frattempo, il macchinista lavorò sui comandi.

«Eccoli!» annunciò Pancracio, puntando il dito.

Johanna e Aceveda seguirono il gesto. La gola era stretta, un budello di roccia rossa scavato dalla ferrovia, largo non più di cento metri. Lontano, nel punto più stretto della gola, c'erano dei cavalli e un autocarro. Fermi ad aspettare.

«Va bene, comincia pure a frenare» ordinò Aceveda.

Justin lanciò un'altra palata di carbone nel forno e Carbón controllò un indicatore.

«Frena, ti ho detto! O non mi hai sentito?»

«Ecco, stiamo frenando» rispose il macchinista.

Poi tirò una leva, si spostò, fece guizzare il piede e...

Privato dello straccio avvolto intorno alla fessura, il

manicotto sotto il forno emise un fortissimo sbuffo di vapore sotto pressione.

Una nuvola bianca e calda riempì la cabina di guida.

«Adesso!» gridò Johanna, abbassandosi di scatto.

Nella cabina di guida si scatenò l'inferno.

Cap. 19

LA RAGAZZINA E LA LOCOMOTIVA

Nella nube di vapore risuonò uno sparo e il tintinnio metallico del proiettile che colpiva le paratie di Rosario. Johanna riuscì a malapena a vedere la sagoma di Villa che si lanciava in avanti. Si sentirono dei colpi, come di pugni e calci. Poi grugniti, sbuffi, grida. Ancora pugni. Si udì un altro sparo. Poi un terzo e un altro impatto contro il metallo, ma questa volta il rumore era diverso, era un rimbalzo!

Qualcosa ronzò vicinissimo alla faccia di Johanna, come un calabrone impazzito.

Qualcuno lanciò un urlo e cadde.

A un certo punto il vapore scomparve, risucchiato dall'aria. Lo straccio doveva esser stato rimesso sul manicotto.

Da fuori della cabina si sentirono altri colpi di clacson. Due, tre... quattro! Di nuovo dei suoni, grida, imprecazioni. Johanna era a terra, rannicchiata tra i controlli di Rosario e il parapetto. Riuscì a guardare nel varco da cui si entrava e usciva dalla cabina e vide che il treno stava passando, veloce e vicino, al gruppo dei complici di Aceveda. Ne contò almeno mezza dozzina, vestiti da cowboy e da *charro*. C'era un camioncino, con il telo sul cassone e un tizio biondo al volante. A terra, vicino al veicolo, altri quattro uomini montavano in sella, veloci come il vento. Alcuni prendevano le pistole, uno srotolava un lazo.

Poi si accorse che sulla grata del pavimento, c'era una pistola. A un passo di distanza, Villa e Pancracio Manteca erano avvinghiati in una lotta furibonda. Di fianco a loro, per terra, c'era Carbón, con la testa insanguinata. Il proiettile di rimbalzo aveva colpito proprio lui.

«No!» gridò Johanna.

Justin lanciò un urlo e si rannicchiò contro la parete frontale del tender, urtando con le spalle gli attrezzi. Si portò le mani alla bocca, sconvolto dalla vista del proprio amico a terra.

Poco distante, Aceveda si stava rimettendo in piedi, barcollante.

La ragazzina decise e si lanciò verso la pistola. Era l'automatica di Bierce. Prima che potesse impugnarla, però, un rumore la fece arrestare.

Era lo scatto di una pistola che veniva armata.

«Ferma dove sei» le intimò Aceveda, la voce roca.

Aveva la pistola in mano e gliela puntava in faccia.

Johanna guardò dentro la canna dell'arma, incapace di distogliere lo sguardo.

È questo il momento in cui muoio? Farà male? Anche una lettera può morire, allora?

«Fermi anche voi due!» strillò Aceveda. «Basta così, Pancho. Lascialo andare!»

I due uomini smisero di lottare. Il treno correva, le ruote picchiavano sui binari e nell'aria risuonavano spari e grida.

«Sai? Mi sono davvero stancato» riprese il capitano. «Non ho davvero bisogno di consegnarti agli americani. Non vivo, almeno. Penso che...»

Aceveda non terminò la frase.

Justin gli si lanciò contro e lo buttò a terra.

In un attimo, Johanna fu in piedi, alla ricerca di qualcosa per aiutare il fuochista. Aceveda e Justin erano avvinghiati e lottavano. Poi, a un certo punto, il capitano infilò i piedi sotto il petto di Justin e lo spinse via.

Le dita della ragazzina si chiusero proprio in quel momento sul manico della pala.

Aceveda si alzò in piedi, fece per raccogliere la pistola, ma lei agì d'istinto, senza pensare. Roteò la pala come una mazza e la diede in testa ad Aceveda, proprio sulla fronte.

Il metallo suonò come una campana e il capitano cadde svenuto. Appena la testa di Pancracio fu sufficientemente lontana da quella di Villa, ricevette lo stesso trattamento.

«Adesso questa la prendo io» disse il generale, afferrando la pala dalla mano di Johanna.

Villa legò le mani dei due uomini con stoffa strappata dai loro vestiti e usò i fazzoletti per imbavagliarli. Poi fece lo stesso con le gambe, usando i cinturoni.

Justin e Johanna corsero da Carbón. Per fortuna, era ancora vivo.

«Acqua, acqua per favore» chiese il macchinista.

Il fuochista corse nel tender, fino al punto dove Jo l'aveva visto dormire, e ritornò con una bottiglia avvolta nella paglia. Diede da bere all'amico.

«Grazie, ci avete salvati» disse Villa, chinandosi a propria volta.

«La testa mi fa male come se me la stessero martellando» si lamentò Carbón. «Cosa mi è successo?»

«Ti ha colpito di striscio» gli disse Johanna.

L'altro gemette.

«Non è grave» annunciò Villa. Si strappò una manica della camicia, la ridusse in strisce e procedette a pulire la ferita e bendare la testa del macchinista.

Nel frattempo, dalla locomotiva provennero rumori di metallo e strani sbuffi.

«La... la pressione» mormorò Carbón.

«Va tutto bene, amico» lo rincuorò Villa.

«No, no!» protestò l'altro. «Jo, Johanna!»

Lei si alzò e andò ai comandi.

«È bassa» annunciò dopo aver guardato gli indicatori. «E c'è troppa aria».

«Presto, devi...» Ma Carbón non riuscì a finire la frase. Ebbe una vertigine e chiuse gli occhi.

«Ci penso io» disse la ragazzina senza la minima esitazione. «Justin, puoi...?»

Il fuochista non se lo fece dire due volte. Aprì il forno, prese la pala e cominciò a lanciare carbone all'interno.

«Ecco. Questa per chiudere un po' l'aria. Perché è troppa. Vediamo». Tirò delle leve, controllò un indicatore, poi azionò il regolatore. «Più vapore... la temperatura... Sì, la temperatura è a posto. Ecco, ora va bene».

Qualcosa volò oltre il bordo del parapetto. Era un lazo. La corda atterrò sulla grata, poi venne tirata indietro, scivolò nel varco della scaletta e scomparve.

Grida di scherno, di avvertimento, di rabbia, provenivano dalla gola.

Johanna alzò la testa e vide i primi due uomini a cavallo, ormai vicinissimi alla locomotiva.

«Arrivano!» gridò. «Justin, generale, aiuto!»

L'uomo con il lazo lo fece roteare sopra la testa e lo lanciò di nuovo. Johanna vide l'anello di corda atterrare intorno a una delle leve dei comandi. Il nodo si strinse. L'uomo a cavallo, un giovane dai lunghi baffi neri e dal cappello borchiato, spronò il cavallo a un ritmo folle e lo fece avvicinare pericolosamente ai binari. Era ormai a un soffio dalla locomotiva.

«Justin, aiuto!»

Il fuochista prese il piccone per spaccare il carbone. Da una parte aveva un becco come un piccone normale, ma dall'altra c'era la lama di una scure. Bastò un colpo secco contro il parapetto, sulla corda tesa, per tagliare il lazo.

Gli uomini a cavallo gridarono e imprecarono nuovamente. Adesso, ai primi se ne aggiunsero altri due e, dietro di loro, il camioncino correva e saltava sul terreno sconnesso.

Si udì uno sparo e il rimbalzo metallico del proiettile contro il tetto della cabina. Poi altri due colpi. Tutti si abbassarono. L'indicatore di velocità andò in pezzi e Johanna vide la lancetta roteare fuori dalla cabina. Un altro proiettile distrusse un finestrino.

«Ci sparano!» urlò la ragazzina allarmata.

Villa si sollevò con la pistola di Bierce e fece fuoco due volte. Non parve colpire nessuno, ma questo fece sì che i cavalieri rallentassero di poco.

«Troveranno un altro modo! Saliranno sui vagoni» disse Villa. «È così che facevo io».

Pronunciò la frase con un ghigno che a Johanna piacque poco.

«Non ci riusciranno» rispose, stupendosi della convinzione che sentiva dentro di sé e della fermezza che era comparsa all'improvviso nella sua stessa voce.

«C'è un fiume, oltre questa gola. E un ponte su quel fiume» disse il macchinista. «Il ponte è solo per i treni, non è fatto per i cavalli. Degli uomini possono attraversarlo solo camminando. Se lo raggiungiamo...»

Lei guardò Carbón, seduto sul pavimento. Sentiva il cuore in petto batterle all'impazzata. Non era la paura di quanto appena accaduto. E nemmeno l'emozione per la lotta e la sparatoria. «Il valletto Juan se n'è andato, è tornata Johanna. Sei pronta per dare la scalata al cielo» erano le parole che le aveva detto Bierce poco prima.

Tocca a me.

«Lo faccio io» disse guardando la scritta di Rosario. «Ti guiderò io».

«Dobbiamo farla correre, Justin! Spala!»

Con un gesto esperto aprì il portello del forno. Poi azionò il regolatore per aumentare la quantità di vapore: aveva bisogno di potenza.

«Forza, Justin! Poco e spesso, poco e spesso!» urlò. «Ma se per una volta fai tanto e in fretta non mi offendo!»

Il fuochista ridacchiò, prese la pala e cominciò a gettare combustibile nel forno.

Una, due, tre, quattro palate di carbone.

«Non troppo» la voce di Carbón giunse debole, da dietro.

«Lo so,» rispose Johanna «ma dobbiamo distanziarli».

Justin si fermò.

«Non troppo!» ripeté il macchinista. «La mia Rosa non è fatta per gli scatti. Dalle tempo...»

Lei lo guardò. «Non ce l'abbiamo, il tempo».

«Dalle fiducia».

Johanna regolò l'aria. Controllò i manometri, gli indicatori, l'acqua...

L'acqua.

«Abbiamo poca acqua!»

«La stiamo consumando in fretta» le disse il macchinista. «Regolatore...»

Johanna obbedì. Il manicotto dava ancora problemi. Vapore caldo serpeggiava sul pavimento.

Si sporse a guardare e vide i quattro cavalli affiancarsi ai vagoni, giù in fondo lungo il convoglio di carrozze.

Poi la locomotiva imboccò una curva ad alta velocità e, per un istante terribile e magnifico, la ragazzina si sentì il cuore in gola. Le sembrava quasi di volare.

Capì cosa stava accadendo. Se ne rese conto quando vide la pistola di Pancracio muoversi sulla grata a piccoli saltelli e scivolare via, verso sinistra, fin oltre il varco nel parapetto.

Si erano inclinati sul fianco sinistro per via della curva.

Gridò.

«Rallenta!» avvertì Carbón. «Deraglierai, rallenta!»

Johanna agì in fretta. Rallentò e le ruote tornarono a picchiare contro la rotaia di destra, sollevando scintille per quasi due metri. Indietro, lungo il treno, si udirono tonfi e stridii metallici.

Si sporse ancora e vide che gli uomini a cavallo si erano spostati, allontanandosi dai vagoni.

Villa si affacciò, avendo cura di farsi vedere e poi puntò la pistola. Il cavaliere più vicino, un messicano con il volto coperto da un fazzoletto nero, notò l'arma e fece scartare il cavallo. Questi incespicò, fece una mezza piroetta e cadde nella polvere. L'uomo rotolò per terra.

Villa rise e poi si rimise la pistola nella cintura. «Non male con una pistola scarica, eh?»

«Devi raggiungere il ponte, Johanna» disse Carbón. «Se ce la fai, loro... loro...»

Lei aveva gli occhi che correvano da un comando a un quadro, da un indicatore a una lancetta e le mani che balzavano, controllando e tirando e facendo muovere leve, manovelle, volani. Si sentiva un tutt'uno con Rosario.

«Loro cosa?»

Si voltò e vide che Carbón stava chiudendo gli occhi.

«Non deve perdere conoscenza» avvertì Villa. Si avvicinò e diede degli schiaffetti al macchinista.

«Resta con noi, amico, avanti».

Le colline sembravano più basse e una porzione più grande di cielo era adesso visibile.

«Stiamo uscendo dalla gola, Carbón! Quanto manca al ponte?»

Jo non attese la risposta e aprì il forno. Il fumo si era fatto ancora nero e spesso, segno che serviva altro combustibile.

Justin obbedì al gesto e riprese a spalare.

«Come affronto il ponte? Cosa devo fare?»

Carbón aprì gli occhi ma parve non vederla.

«Il ponte! Dimmi del ponte, come ci arrivo? Veloce? E quanto?»

Niente. Non reagiva.

«Come ti chiami Carbón? Come ti chiami davvero?»

«To-Toni, mi chiamo To...»

Inutile, non funzionava. Jo ebbe un'idea.

«Atacama! Siamo ad Atacama! Cosa dobbiamo fare?»

«No!» Carbón la stava fissando, con le pupille strette e le guance rosse.

Villa parve addirittura spaventarsi, perché raddrizzò la schiena e cercò di immobilizzare il macchinista mettendogli le mani sulle spalle.

«Il cimitero. Il cimitero di Atacama» disse Carbón.

«È un cimitero? Chi vuoi seppellire?» gli chiese Johanna.

Lui la guardò.

«Rosario. È un deserto. Un cimitero di treni, di locomotive. Nel deserto di Atacama, in Bolivia. Il deserto più secco, asciutto e caldo del mondo. È lì che andremo, quando Rosario dovrà fare il suo ultimo viaggio. È lì che la lascerò dormire. Riposare».

«Che posto è, Carbón? Dimmelo!»

«Scheletri di locomotive nella sabbia rosa. Ruote che arrugginiscono al sole. Atacama... Atacama!»

«Non ora! È presto!» ribatté Johanna. «Rosario è ancora viva, ha bisogno di te!»

In fondo alla gola vedeva la struttura di legno bianco del grande ponte ferroviario. Al di sotto, luccicava il nastro d'argento di un fiume.

«Siamo al ponte! Cosa faccio? Avanti!»

Carbón strinse le dita sulla camicia di Pancho Villa.

«Dalle potenza, Johanna» la voce finalmente chiara. «Lasciala correre, adesso, ora sì. Ora si è scaldata».

Con un gesto sicuro, Jo aprì di nuovo il forno.

«Spala!» ordinò a Justin.

Il fuochista riprese il proprio lavoro.

Villa si alzò e andò al parapetto di destra.

«Sono in coda» annunciò. «Gli uomini a cavallo hanno le armi in mano, tengono sotto tiro i vagoni. Non capisco a chi mirino. Un momento...»

«Due! Tre!» gridò Justin lanciando un'altra vangata di carbone nel forno. «Quattro!»

Johanna aprì al massimo il regolatore. Aumentò l'aria. Fece fischiare Rosario, che lanciò il proprio grido di sfida.

«L'autocarro è in coda...» continuò Villa. «Sono vicini, stanno per salire!»

Le ruote della locomotiva danzavano e battevano sulle rotaie.

Tu-tum, tu-tum! Tu-tum, tu-tum! Tu-tum, tu-tum!

Il cuore di Johanna le batteva in petto ballando allo stesso ritmo.

«Cinque... Sei!»

«Chiudo!» annunciò la ragazzina.

«Stanno per salire» disse Villa.

Johanna guardò con ansia gli indicatori. Quello di velocità era inutilizzabile e non poteva sapere a quanto stesse correndo. E poi...

Ta-ra-tàm, ta-ra-tàm!

Ta-ra-tàm, ta-ra-tàm!

Ta-ra-tàm, ta-ra-tàm!

Il rumore era cambiato.

All'improvviso, con l'arrivo di aria fresca e di luce.

Non era più il battere sordo su binari nel terreno. Bensì il rombo tonante del treno che scalciava e picchiava sulla massiccia forma di legno e ferro del ponte che si innalzava sopra il fiume, con una struttura di assi e barre di metallo intrecciate nell'aria.

Un ponte ferroviario, dove cavalli o auto non potevano passare velocemente per via dei molti spazi vuoti.

Si udirono dei nitriti, degli spari, delle grida. Lo stridio delle gomme e poi un gran fracasso.

Johanna si sporse, guardò indietro e vide che Rosario stava già correndo sul ponte, ma che i cavalli erano stati costretti ad arrestarsi sulla riva ripida del fiume. L'autocarro, incapace di frenare per tempo, aveva curvato e ora rotolava lungo l'argine. I due alla guida, saltati giù per tempo, si rialzavano dalla polvere.

«Ce l'abbiamo fatta! Ce l'abbiamo fatta!» urlò.

Saltò, gridò, balzò ancora e si ritrovò ad abbracciare Justin, che puzzava di sudore e carbone. Poi ebbe la guancia ispida di Villa contro la propria e infine si ritrovò con gli occhi pieni di lacrime e la mano callosa di Carbón sul viso, mentre il macchinista le sorrideva. E Rosario cantava nelle sue orecchie.

Ta-ra-tàm, ta-ra-tàm!
Ta-ra-tàm, ta-ra-tàm!
Ta-ra-tàm, ta-ra-tàm!

Cap. 20

"SIGNORI, SI SCENDE..."

Daniel si mise in testa il vecchio sombrero contro il sole di mezzogiorno.

Era in piedi, di fianco alla porta aperta del vagone di prima classe, con il treno fermo in mezzo alla pianura. Di fianco a lui c'era Valentina.

«Ancora non posso crederci, ce l'abbiamo fatta».

Lui la guardò e un sorriso nacque sul viso della ragazza.

«Non ci saremmo mai riusciti senza l'aiuto di tutti loro». E tornò a osservare lo spettacolo che avevano di fronte.

Il treno era immobile sui binari, nei pressi di una piccolissima stazione di rifornimento. Sembrava che tutti i viaggiatori fossero scesi dalle carrozze e forse era davvero così. In fondo avevano diritto quanto lui di guardare ciò che stava accadendo.

Daniel aveva sentito della lotta per la locomotiva, del ferimento del macchinista, che fortunatamente si era ripreso in breve tempo, e di cosa avesse fatto Johanna portando tutti in salvo. Quando il treno era arrivato alla stazione, della gente su due carri lo attendeva. Erano amici di Villa, avevano bivaccato a Esperanza in attesa del convoglio. Ora Villa e gli altri se ne sarebbero andati.

Il generale scese dal treno. Dietro di lui, Johanna, di nuovo travestita da valletto, aiutava Ambrose Bierce. L'americano era più pallido che mai, con gli occhi cerchiati di rosso. Si era cambiato d'abito e non c'era traccia di bende o sangue. Il terzetto emerse nel sole e i passeggeri riuniti intorno ai carri esultarono.

Villa si fermò di fronte a Daniel e gli porse la mano. Lui gliela strinse.

«Grazie per quello che hai fatto». Villa strinse anche la mano di Valentina. «E grazie anche a te. Ti sei schierata contro tuo zio, hai combattuto. Avete salvato molte vite».

Valentina sorrise e Daniel si schiarì la gola. Poi fece un cenno con il viso ai passeggeri festanti. «Si sono salvati da soli. Noi abbiamo solo dato inizio al tutto. È bastato sparare in aria. I passeggeri non aspettavano altro, sono saltati addosso agli uomini di Aceveda. È stato un miracolo che nessuno sia rimasto ferito, ma a volte i miracoli accadono davvero».

Villa annuì. Sapeva tutto, ovviamente. Daniel e Valentina avevano raccontato dell'eroica rivolta dei passeggeri, di come avessero seguito De Domingo, Barrana e il controllore, quando questi erano usciti dal vagone postale, lottando per il loro treno.

«Allora siamo d'accordo» disse Villa a quel punto. «A El Paso cercate mio fratello Ippolito. Lo troverete in una casa sicura, a Leon Street, con un europeo, un certo dottor Ritter. Un tipo fidato. Aspettateci, attraverseremo il confine in un punto lontano e vi raggiungeremo».

«E loro?» chiese.

Villa si voltò vero i due carri. Corradin e Fabiano stavano facendo salire Aceveda e tutti i suoi uomini, legati e imbavagliati. I ribelli tenevano la testa bassa.

«Li farò mandare a Chihuahua, e verranno processati per tradimento. Ho dato ordini per catturare anche quelli caduti dal treno, ma temo che i complici di Aceveda li abbiano già recuperati».

Fu la volta di Bierce di dar la mano a Daniel e poi a Valentina. La stretta del Vecchio gringo era ancora forte, anche se la mano era fredda.

Quindi l'americano si voltò verso la ragazzina coi codini e i due restarono a guardarsi per un istante. Daniel si sentì in imbarazzo, gli parve che Johanna stesse per piangere.

«Ci vediamo, Juan» disse Villa. I suoi folti baffi si sollevarono a scoprire i denti bianchi e forti. «Se ti stanchi della tua vita tranquilla, vieni a cercarmi: sei fatta per la rivoluzione».

Lei sorrise, ma abbassò lo sguardo in silenzio.

Bierce le accarezzò il viso e la ragazzina vestita da valletto gli si gettò contro in un abbraccio.

«Che avventura» disse piano il gringo. «E ora ti resta l'ultimo passo da compiere. Anzi, *il passo:* El Paso, appunto».

«Non credevo che tornare a casa sarebbe stato così difficile» rispose lei sciogliendo l'abbraccio.

Valentina la cinse intorno alle spalle. Daniel rimase a guardare Pancho Villa e Ambrose Bierce che si allontanavano verso i carri. Il messicano teneva sottobraccio il gringo e lo aiutava a camminare. Chiacchieravano, come vecchi amici durante una passeggiata al parco. La polvere venticò intorno ai loro piedi e il sole a picco scolpì le loro ombre come forme intagliate nella pietra.

Più tardi, Daniel si trovò in compagnia di Valentina e Johanna nel vagone postale. La ragazzina sarebbe scesa a El Paso, affidata alle loro cure, così aveva deciso il capotreno, anche se l'omone che si occupava della posta non era sembrato molto contento. Temeva che qualcuno potesse tener d'occhio la banchina della stazione americana e la soluzione del carro postale continuava a essere la migliore per farla arrivare a destinazione in modo sicuro.

Il treno aveva viaggiato per un'altra ora, prima di arrivare finalmente alla stazione di Ciudad Juarez, l'ultima fermata in territorio messicano. Johanna era rimasta seduta nel suo lettino. Aveva tenuto la giacca da valletto stretta sulla camicia affrancata e il cappello calato sugli occhi. Ogni tanto accarezzava la bambola, che aveva preso dalle coperte.

La locomotiva fischiò e il treno si mosse.

«Ci siamo» disse Daniel. «Prossima fermata El Paso!»

La ragazzina alzò lo sguardo su di lui. C'era una tempesta di emozioni sul suo viso.

Valentina, seduta alla scrivania di Barrana, le sorrise.

«Presto vedrai tua mamma. Il viaggio sta per finire».

Johanna tirò su con il naso.

«Dovrei essere felice, vero?» domandò guardando prima l'uno e poi l'altra. Si sistemò una ciocca di capelli sfuggita al cappello. «E lo sono, eh. Però sono anche triste. E mi sento stanca. Succede questo dopo le battaglie?»

Daniel sentì la gola secca.

«Credo di sì. Ci sono stati momenti difficili. E questo cambia le persone. Anche un viaggio, no? Le cose che vedi ti arricchiscono».

«Daniel!» esclamò Valentina con divertimento. «Sei diventato un filosofo?»

«Forse è questo che fa la guerra, no? Ti fa diventare filosofo perché quando intorno a te la gente soffre, ti ritrovi a pensare. Con il punto di vista della vita. E ti chiedi cosa stia accadendo, che significato abbia. E cosa ci faccia tu, in tutto questo».

«È così, sì. Sono cambiata. Ma sono sempre io, la lettera spedita da Città del Messico» rispose Johanna. «Quanto ci vorrà, ancora?»

«Non molto» rispose Valentina. «Ciudad Juarez ed El Paso sono praticamente attaccate.»

Daniel vide la *soldadera* aprire la sua borsa rossa e prendere un libro. Era verde, coperto di stoffa, con una decorazione dorata che rappresentava un bambino seduto su un fungo che suonava uno flauto. Lo porse a Johanna.

«Ecco, un regalo. Per non dimenticarti di noi».

«Ma come potrei mai?» protestò la ragazzina. Guardò il

libro con occhi spalancati, lo aprì e lesse l'intestazione. «*Peter Pan nei Giardini di Kensington*, di J. M. Barrie, con le illustrazioni di Arthur Rackham».

La ringraziò e le due si abbracciarono.

La serratura scattò e la porta del vagone si aprì. Dalla predellina fecero il loro ingresso il capotreno, Barrana e il valletto.

Daniel e Johanna si alzarono.

«Siamo venuti a salutarti, Johanna» annunciò il capotreno, togliendosi il monocolo e pulendolo meticolosamente con un fazzoletto. L'uomo aveva guidato i passeggeri della terza classe in un assalto ai soldati di Aceveda solo qualche ora prima. E ora Daniel si stupì di come fosse tornato un funzionario impeccabile delle ferrovie.

«Se gli eventi fossero stati diversi ti saresti goduta un viaggio tranquillo. Mi rincresce dei molti pericoli che hai dovuto affrontare sul mio treno. Ma sono molto contento che tu ci fossi. Ci hai salvati tutti. Carbón dice che sei la migliore apprendista che abbia mai avuto».

«Come sta?» domandò la ragazzina torcendosi le dita.

«Bene. Meglio. Ha la testa dura. Per fortuna siamo quasi arrivati a destinazione e potrà riposare prima di rimettersi in viaggio».

«Non andrete in Bolivia, vero?»

«Santo cielo, no! Torneremo a Città del Messico. Anche lui ha parlato della Bolivia, ma che cosa significa?»

La ragazzina ridacchiò.

«Niente, qualcosa che mi ha raccontato. L'ho salutato, prima di scendere da Rosario a Esmeralda, ma... me lo saluta ancora? Tanto tanto. E anche Justin. E sì, anche la vecchia Rosa».

«Oh, sì, certamente» disse il capotreno. Tese la mano a Johanna e quando lei la strinse, la salutò con un cenno della testa. Poi si fece da parte.

Daniel non aveva idea di cosa stesse succedendo e chi fosse Rosa, ma scelse di non indagare. Poi si accorse che l'omone addetto al vagone postale, Luisito Barrana, non faceva altro che spostare il peso da un piede all'altro, guardandosi le scarpe.

Il ragazzo incrociò le braccia sul petto e si preparò ad assistere.

«Io...» disse Barrana. «Io ti volevo-fufffufu...»

Le parole si persero in un borbottio. Prima che la ragazzina potesse rispondere, l'uomo prese dalla tasca un grosso fazzolettone blu e lo aprì. Ne trasse un mazzetto di lunghe piume verde smeraldo e ne diede una a Johanna, che la prese a bocca aperta. Poi mise via le altre e si soffiò rumorosamente il naso. La ragazzina rimase senza parole e lui borbottò un "uff uff" imbarazzato.

Fu il momento di Chico, di farsi avanti. Il valletto aveva l'aria spavalda, ma quando fu di fronte alla ragazzina divenne rosso come un peperone, aprì la bocca e il pomo d'Adamo nel suo collo prese ad andare su e giù.

«Ehi, Jo» fece lui quando finalmente riuscì a trovare fiato.

«Ci siamo. Voglio dire, insomma, siamo arrivati alla fine, eh? Ecco, se volessi lavorare ancora con noi... io, insomma, sarebbe bello. E se tu... cioè, ecco».

Johanna rise di cuore e gli gettò le braccia al collo.

«Ehi, ehi!» Il ragazzo si liberò dall'abbraccio. «Aspetta... ecco. Per questo sì che mi vorrai abbracciare, credo. Spero, almeno».

Ridacchiando, prese dalla propria giacca il taccuino logoro che Daniel gli aveva raccolto da terra qualche giorno prima. Ne tolse un foglio di carta e glielo porse.

Johanna lo aprì e lo guardò a lungo. Si trattava di un ritratto fatto con la matita rossa. Mostrava proprio lei, che guardava lontano, fuori dal foglio, con aria serena.

«Chico!»

«Eh, sono riuscito a fartelo in questi giorni, quando non eri impegnata a correre, farti sparare addosso o salvarci la vita. Accidenti, secondo me dovresti viaggiare ancora. E quando guardi fuori, i tuoi occhi vanno lontano e sembra che tu veda qualcosa di speciale».

Lei lo abbracciò di nuovo.

«Grazie, davvero. È un regalo bellissimo. Sono stati giorni difficili ma incredibili. Non li dimenticherò mai più». Si tolse il cappello e si asciugò una lacrima. Poi fece per sfilarsi la giacca.

«Quella è meglio se la tieni» le disse De Domingo. «Preferirei saperti ancora vestita da valletto. Non si sa mai. Sei sempre una lettera affidata alla nostra cura, fino alla consegna alla Wells Fargo o a tua mamma. A proposito, ricordati le lettere che ti ha affidato tuo papà».

«Sì, certo».

Daniel si rese conto che Barrana gli si stava avvicinando. Aveva in mano una tavoletta di legno a cui erano fissati dei fogli e una matita.

«Tu» gli disse l'omone. «Ti affidiamo questa "lettera". Mi devi firmare un foglio in cui dichiari che la prendi in consegna. E che farai di tutto per recapitarla. E bada di non sgarrare. O te la vedrai con me».

Quando Barrana aprì il portello del vagone postale, i colori e le forme di El Paso colpirono gli occhi di Daniel con il loro contrasto. Quello era un mondo molto diverso dal Messico da dove veniva. Certo, distava nemmeno due miglia da Ciudad Juarez, c'erano *peones* e messicani per le strade quanti erano i texani, eppure era chiaro che fosse un altro Paese. Insegne in inglese e in spagnolo, automobili, fili dell'elettricità e lampioni a gas e tram elettrici! E la gente, variopinta, colorata, con i cappelli piccoli degli americani, la moda europea per le signore. Anche la stazione era diversa. Una piattaforma di cemento e mattoni, edifici dai muri puliti per gli uffici e la biglietteria. Fattorini in uniforme che attendevano.

«Ci siamo, finalmente» disse Johanna, di fianco a lui.

«Ciao, lettera» disse Luisito Barrana. «Il mio lavoro è finito, stammi bene».

La ragazzina sorrise e scese. Aveva una borsa di tela del

servizio postale con le sue poche cose, sotto un braccio, e la bambola sotto l'altro. Si voltò e soffiò un bacio verso l'omone. Barrana si voltò farfugliando qualcosa e rientrò nella carrozza, mentre Valentina ne scendeva con un turbinio di gonne e i capelli neri al vento.

Johanna si fermò a guardare in direzione della locomotiva. Due figure scure erano ai parapetti, voltate verso la coda del treno.

«Addio Carbón, addio Justin» disse. «Avrei voluto salutarli meglio. Chissà se sentirò ancora la vecchia Rosario? Spero di sì».

Daniel le mise una mano sulla spalla.

Nella parte centrale della banchina una grande folla era riunita intorno a un gruppo di signori dall'aria importante con la fascia americana a tracolla e alti cappelli a cilindro. Quando la *señora* Pilar si affacciò alla porta, con aria da gran diva, la folla esplose. Un'orchestra attaccò a suonare. Scoppiarono dei mortaretti, qualcuno lanciò quadratini di carta in aria.

«Allora era vero!» commentò Johanna. «Il sindaco l'aspettava sul serio!»

«Presto, sbrighiamoci ad allontanarci, mentre guardano tutti lei» disse Daniel. «Meglio non attirare attenzione».

Johanna annuì, scorgendo un cartello che diceva in inglese:

USCITA DI SERVIZIO
SOLO PERSONALE DELLE FERROVIE

Vi si diresse a passo spedito.

In breve uscirono dalla stazione e si ritrovarono in un'ampia piazza dove sostavano carrozze e automobili.

Daniel vide una strana auto, tutta impolverata e con quattro brutti ceffi a bordo. Era anche carica di provviste, teli cerati e ruote di scorta: tutti i segni di una traversata dei deserti del Messico. Alla guida stava un uomo enorme, un messicano gigantesco dai baffi neri con ancora grandi occhialoni da pilota sul viso.

In piedi, sull'auto, tutto intento a scrutare la gente che usciva dalla stazione, c'era un ometto magro e con i baffetti. Si appoggiava a un sottile bastone di canna.

«Quello è Moroza!» disse Johanna con un sussurro.

Daniel la vide nascondersi dietro alcune casse di legno e fece altrettanto, trascinando con sé Valentina.

«Lo conosci?» le chiese lui.

«Lui e quello grosso al volante sono venuti a casa mia, a Città del Messico. È a causa loro che mio padre mi ha spedita e non mi ha fatto viaggiare normalmente. Ci hanno inseguito fino in stazione. Mi cercano e se mi trovano... sarà stato tutto inutile».

«Non succederà» le disse Daniel con voce ferma.

«Allontaniamoci, poi prenderemo un taxi per farci portare alla Wells Fargo. Hai l'indirizzo sulle tue buste, vero?» Valentina se le fece passare e le guardò.

«Meglio di no» obiettò Daniel. «Se sono arrivati fin qui, potrebbero avere qualcuno anche agli uffici della Wells Fargo.

Ti portiamo da tua mamma. Non possono essere ovunque e se una cittadina americana notasse dei tipi strani di fronte a casa... no, non rischierebbero tanto».

A casa sarebbe stata al sicuro, realizzò Johanna. Daniel aveva ragione. La convinzione divenne una certezza quando il ragazzo guardò nuovamente verso Moroza, che stava inveendo contro l'uomo alla guida e ogni tanto guardava con rabbia verso la stazione.

Ormai gran parte della gente aveva lasciato il piazzale e solo piccoli gruppetti si attardavano di fronte all'ingresso.

Al colmo della delusione, l'ometto impolverato prese il bastone di canna e lo spezzò.

Daniel condusse le ragazze per El Paso con fare sicuro. Presero un taxi e si fecero lasciare a qualche strada di distanza dalla casa di Jo, giusto per potersi avvicinare con calma e controllare.

Valentina camminava guardandosi in giro, osservando le strade e le persone che vivevano in quella città, così vicina alla *Revolución* eppure così lontana dagli orrori della guerra. Rimase colpita dai parchi e dalla biblioteca cittadina. E dai molti negozi.

Johanna, invece, prese a raccontare i propri ricordi sui posti che vedevano. La scuola dove era stata, la casa di un'amica di quando era piccola, l'angolo dove era caduta sbucciandosi un ginocchio.

Era emozionata, e si vedeva.

Lo era anche Daniel, ma soprattutto era teso.

Ce l'abbiamo fatta, si disse a un certo punto. *Non c'è nessuno, qui. Non potevano e non possono controllare anche casa sua. Un conto era cercare di arrivare in tempo per il treno... magari ci sono, davanti all'ufficio, ma non saranno qui. Devo rilassarmi.*

A un certo punto Valentina lo tirò per una manica.

Erano di fronte a un negozio di strumenti musicali.

«Qui mio papà ha comperato il nostro pianoforte. L'ha fatto spedire a Città del Messico, quando ci siamo trasferiti» stava dicendo Johanna. «Ho preso lezioni e suonavo per lui. La mamma cantava. Non vedo l'ora di poterlo fare di nuovo».

Era un negozio grande, con due vetrine trasparenti e una bella porta dipinta di verde. C'erano violini, trombe, piccoli pianoforte e fisarmoniche, ma anche chitarre e altri strumenti.

«Venivamo qui, una volta ogni due mesi, a comperare dei nuovi spartiti».

Un signore, all'interno del negozio, guardò fuori, incuriosito dall'aspetto dei visitatori.

Almeno non abbiamo armi, pensò Daniel.

Non avrebbero potuto girare armati per El Paso senza destare sospetti e quindi avevano lasciato le loro pistole al generale e ai suoi.

«Dopo ci torniamo, qui, Daniel, eh?» gli disse Valentina con gli occhi che le brillavano.

«E perché, scusa?»

«Voglio farti un regalo».

Il negoziante si avvicinò alla vetrina e guardò meglio. Poi parve riconoscere Johanna: le fece un sorriso.

Lei si tolse il cappello da valletto, scosse la testa per liberare i codini e rise. Si rimise a camminare.

Raggiunsero un quartiere di belle villette, con giardini curati e recinti sul retro che affacciavano sulla campagna aperta.

«Che regalo vorresti prendermi, scusa? E perché, poi?» chiese lui incapace di trattenere la curiosità.

«Una chitarra, Daniel Carmin. Voglio regalarti una chitarra».

«Ce l'avevo, ma è andata in pezzi».

«Ecco, appunto. Vedi che ti serve?»

«Ma io...»

Valentina lo prese per mano.

«Cosa vorresti fare dopo la Rivoluzione, Daniel? Io aprirò una biblioteca, ma tu? Potresti suonare la chitarra, che ne dici?»

Deglutì a vuoto, grato per il contatto della mano di lei e per le dita intrecciate alle sue.

«Non ci ho mai pensato».

«Dovresti. Le rivoluzioni finiscono. Le guerre civili anche. Restano le persone. E le persone non possono combattere e lottare sempre. Bisogna pensare anche al futuro. E fare quello che si vorrebbe. E io credo che staresti meglio con una chitarra in mano, invece di un fucile».

Ha ragione. È il momento di pensare a cosa fare dopo. Tutte le cose finiscono. Finiscono i viaggi, le rivoluzioni, le guerre. Finiscono anche le vite. Ma ciò che conta è il durante. Non la destinazione, non solo, almeno, ma anche il viaggio e come si viaggia. E il dopo, ovviamente.

Fece per sorridere a Valentina e si rese conto che lei e la ragazzina erano ferme. Di fronte a loro c'era una casa.

«È questa» disse Johanna trattenendo il fiato. «Sono arrivata a casa».

Era una bella casetta di due piani, con la porta sul davanti e un piccolo giardino con erba ben tenuta e aiuole fiorite. Lo steccato aveva bisogno di una mano di vernice, come anche la cassetta della posta, su cui qualcuno aveva dipinto:

Mr. Pearson C. L. & Signora
+ J

Alle finestre c'erano tendine bianche con disegni viola e dal camino si alzava un filo di fumo. Sul retro c'erano panni stesi, illuminati dal sole.

Johanna si voltò e Daniel capì che non poteva aspettare oltre. *Doveva* andare.

Le tese la mano.

«È stato un piacere conoscerti, grazie per quello che hai fatto. Ti auguro una buona vita».

Lei gliela strinse, poi si voltò verso Valentina. La *soldadera* si inginocchiò e la ragazzina le porse la bambola.

«Lei è Miss Petunia» disse. «È un po' vecchia e malandata, ma ha fatto un viaggio lungo e ne ha viste tante. A me non serve più, ma forse nella tua biblioteca ci saranno delle bambine a cui...»

«Non ce n'è bisogno, Johanna» rispose Valentina.

«No, davvero. Non mi serve più. È solo una bambola. E io sono stata una lettera, una aiutante, una macchinista e una rivoluzionaria. È venuto il momento di salutare voi e lei».

Valentina accettò la bambola, poi abbracciò forte la ragazzina.

«Sarà meglio che io vada, adesso» disse Johanna.

I due ragazzi non dissero altro. La lasciarono andare. La videro raggiungere il cancelletto di legno bianco e aprirlo con gesti attenti.

Johanna percorse il vialetto in mezzo all'erba, raggiunse la porta di casa e tirò la corda del campanello.

Daniel sentì la mano di Valentina che si infilava di nuovo dolcemente dentro la sua. La *soldadera* lo fece voltare mentre la porta veniva aperta.

«Andiamo» gli sussurrò. «Questo momento è solo suo».

E dalla casa si levò l'urlo di gioia e sorpresa di una madre che ritrovava la figlia.

«Allora, ci hai pensato a quella cosa della chitarra?» chiese ancora Valentina quando furono lontani. «Hai deciso cosa vorrai fare quando la Rivoluzione sarà finita?»

Lui la guardò, con mille parole che gli si affollavano in gola e un solo pensiero in testa.

La strinse a sé e la baciò sotto il sole di El Paso.

EPILOGO

Johanna sedeva sui gradini di casa e si spazzolava i capelli. Aveva appena finito di fare il bagno e ora, scalza e con indosso un vestitino leggero, si godeva quella splendida mattina di giugno. La mamma, sulla sua sedia a dondolo, leggeva il giornale.

Quel pomeriggio sarebbero andate alla stazione. Il papà stava tornando a casa: finalmente la famiglia Pearson sarebbe stata di nuovo riunita.

«E se li tagliassi?» chiese Jo.

La donna depose il quotidiano in grembo, si portò una ciocca dietro le orecchie e abbassò gli occhiali.

«È quello che vuoi?»

«Non lo so. Vorrei cambiare. Mi sento diversa. Non sono diversa?»

La mamma rise.

Com'è bello! Ancora dopo tre mesi che sono tornata, la sua risata è uno dei suoni che non mi stanco mai di sentire. Questo e il fischio del treno.

«Johanna Pearson, sei grande abbastanza per decidere se vuoi portare i capelli corti come un maschio o farli crescere» rispose la mamma.

«No, non è questione di maschio o femmina. Voglio fare qualcosa per me, che mi faccia sentire fuori come mi sento dentro».

«E come ti senti, dentro?» le chiese la donna con una punta di preoccupazione.

Jo fermò la spazzola, e ci pensò.

«Mi sento pronta».

La mamma rise di nuovo e ripiegò il giornale.

Jo riprese a spazzolarsi i capelli, e intanto allargò le dita dei piedi tra i fili soffici dell'erba.

«Oh, arriva qualcuno...» disse la mamma. «È il signor Mills, il postino».

La ragazzina seguì lo sguardo e vide il vecchio impiegato delle poste, che portava la bicicletta a mano. Stava facendo il giro delle case del quartiere e ora toccava alla loro.

Si alzò in piedi e andò vicino alla mamma. Attesero che il postino scendesse dalla bicicletta e venisse verso di loro: aveva in mano un pacco.

Il postino si fermò giusto il tempo di consegnare il pacchetto. Era indirizzato a Johanna e conteneva un sacchetto di pelle decorato con le perline e le frange come ne aveva visti tanti in Messico.

Dentro c'era un taccuino. Era un quaderno rosso, dalle

molte pagine, d'aspetto nuovo. Jo l'aprì e al suo interno trovò una lettera, scritta con una bellissima grafia.

La lesse subito.

Mia carissima Johanna,

Spero che queste poche e misere righe ti trovino in salute e felice, tra le amorose braccia dei tuoi cari, al sicuro tra le pareti del tuo focolare. Quali persone rimarchevoli possano essere i tuoi genitori, posso solo immaginarlo. Tuttavia, non credo di andare troppo lontano dalla verità, affermando che devono essere cittadini leali e fedeli, che danno molto credito alla parola data e di sanissimi principi. Gli stessi che ti hanno indubbiamente trasmesso e di cui ti sei nutrita, mentre crescevi all'ombra della nostra amata bandiera, correndo libera per i campi del fiero Texas.

Non posso dirti dove mi trovo in questo momento, ma ti prego di non preoccuparti della mia salute, come hai visto sono di tempra forte.

Proprio le avventure che abbiamo vissuto insieme mi hanno convinto a mandarti questa mia. Perché, vedi, mia carissima Johanna, alla fine è di questo che si tratta. Delle storie che ci è dato vivere e di cui possiamo far parola, fintanto che il fiato riempie i nostri petti e la luce splende nei nostri occhi. E la storia che tu mi hai permesso di vedere, fatta di vicissitudini ed emozioni, affetti e ideali, ma anche amicizia e ardimento, mi ha permesso di capire che c'è ancora una fiamma che arde nella nostra gioventù, di cui tu sei, permettimi di dirlo, uno dei più splendidi esempi. Ciò che hai vissuto e di cui hai voluto mettere me a parte ha ispirato le mie dita annoiate e ha tenuto impegnate le rugginose rotelle dell'ingranaggio del mio ingegno. Finalmente, mi sono detto, ho trovato un'altra storia che valesse la pena raccontare. Ho provato a corredarla con alcuni degli schizzi che un altro nostro amico comune, un giovane illustratore dai modi nervosi, aveva accettato di donarmi prima che ci salutassimo, proprio per questo scopo. C'è una grazia e un occhio interessante, in questi suoi disegni. Ha una buona mano, che spero possa addestrare e migliorare.

Quel giorno, a sud del confine, già avevo iniziato il racconto. Ma solo ora ha una forma per cui io possa dirmi soddisfatto. Non so se mai questa mia opera raggiungerà un editore. Ma se dovesse farlo, mi batterò affinché a te ne vengano i giusti proventi, essendo tu ispiratrice e protagonista, e che una dedica ti rechi giustizia.

Fino ad allora e per sempre, mi congedo da te augurandoti salute e fortuna, ma anche una vita ricca di emozioni, come il più fedele dei tuoi amici e compañeros.

A. G. B.

Con le lacrime agli occhi, Johanna chiuse la lettera e passò una mano sul quaderno rosso.

«Che cosa succede, cara?» le chiese la mamma. «Qualcosa non va?»

«Tutto bene» le rispose.

Poi le prese la mano e la condusse ai gradini. Si sedettero

e la ragazzina guardò il cielo e l'erba ai suoi piedi, prima di incontrare gli occhi della madre.

«Ti piacciono le storie, mamma?» chiese aprendo il taccuino.

Guardò la prima pagina e sorrise leggendo il titolo.

Una lettera coi codini.

INDICE

Colibrì

IN ERBA

STEFANIA FABRI
Adesso che sono buono

ANNA SARFATTI
Capitombolo sulla terra

EMANUELA NAVA
Coccodrilli a colazione

ANNA LAVATELLI
Tito Stordito

LOREDANA FRESCURA
MARCO TOMATIS
Massimo da sistemare

MARIO LODI
Il mistero del cane

LUCIA TUMIATI
Il mio amico invisibile

VANNA CERCENÀ
Una gatta in fuga

ANNA LAVATELLI
Dove ti porta un bus

IN GAMBA

LUCIA TUMIATI
La pace è bella

LUIGI BALLERINI
L'estate di Nico

SIMONA TOMA
Il signor Francone

JANNA CARIOLI
Giò denti di ferro

ANNALISA STRADA
Il bambino perfetto

BRUNO TOGNOLINI
Cantoparlante

FABIANA CAMERIN
Lili e le streghe di Cork

GUIDO SGARDOLI
Blatt

LUISA MATTIA
La congiura delle zie

LUIGI BALLERINI
Zia Dorothy

INSTANCABILI

AQUILINO
Ti salverò, Canaglia!

GIUSY QUARENGHI
Strega come me

CHRISTIAN ANTONINI
Fuorigioco a Berlino

ANGELA NANETTI
Viola dei 100 castelli

PINO PACE
L'ultimo elefante

CHRISTIAN ANTONINI
Una lettera coi codini